MADAME
DE GRAFFIGNY
Lettres
d'une Péruvienne

Présentation, notes,
chronologie et dossier
par Thierry Corbeau

ÉTONNANTS CLASSIQUES

GF Flammarion

Montesquieu, *Lettres persanes*

*Raconter, séduire, convaincre, lettres des XVIIe
et XVIIIe siècles*

Mme de Sévigné, *Lettres*

© Éditions Flammarion, Paris, 2005
ISBN : 2-08-072216-6
ISSN : 1269-8822

Sommaire

Lettres d'une Péruvienne

MME DE GRAFFIGNY, AUTEURE OUBLIÉE

Qui se souvient de Mme de Graffigny[1] aujourd'hui ? Peu de monde, si l'on en juge par le nombre très restreint d'ouvrages universitaires qui lui sont consacrés et par la rareté des rééditions de ses œuvres : il aura fallu attendre près de deux siècles après la mort de l'auteure pour que quelques-uns de ses écrits soient exhumés, dans les années 1960. De même, seules quelques anthologies littéraires mentionnent son nom et tracent à grands traits sa vie, dont on connaît assez mal le contenu. Née en Lorraine en 1695, dans une famille fraîchement anoblie, elle est mariée à dix-sept ans et séparée de son époux à vingt-huit. Sans enfant, sans fortune, elle dépend des bonnes grâces d'autrui, avec ce que cela comporte d'aléas et d'errance : d'abord attachée à la cour de Lorraine, où elle reçoit la protection de Madame, mère du duc François de Lorraine, elle passe ensuite sous la tutelle de la duchesse de Richelieu, à Paris, et, à la mort de celle-ci, devient la dame de compagnie de la princesse de Ligne. Vers la cinquantaine, Mme de Graffigny connaît une courte période de prospérité. Elle meurt à Paris, à l'âge de soixante-trois ans. Aucun événement n'a particulièrement marqué cette vie, assez commune pour l'époque, ce qui justifie en partie l'oubli dans lequel Mme de Graffigny est tombée.

---

1. On trouve aussi la graphie Grafigny, avec un seul «f».

Déjà, au XIXe siècle, elle n'est plus lue, son œuvre constitue même un objet de risée, au moment où le romantisme triomphe.

Et pourtant, à son époque, Mme de Graffigny a connu son heure de gloire – certes tardive. Elle a même été une figure assez prisée, côtoyant de près quelques grands noms emblématiques du siècle des Lumières : Voltaire et Mme du Châtelet, chez lesquels elle fait un séjour prolongé ; Diderot, d'Alembert et Rousseau, qu'elle rencontre dans les salons et qu'elle invite dans son cercle. En outre, même si l'écriture ne s'impose pas à elle dans sa jeunesse, et même si ce sont principalement des raisons économiques qui l'orientent dans cette voie, elle connaît quelques succès littéraires au point de figurer parmi les écrivains les plus goûtés de son temps. L'un des domaines où elle s'impose est le théâtre, grâce à une comédie larmoyante en prose, *Cénie*, représentée pour la première fois en 1750. Cette pièce, aujourd'hui injouable en raison de ses invraisemblances multiples et des caractères schématiques qu'elle met en scène, a reçu de nombreuses marques d'approbation, y compris d'auteurs hostiles au théâtre, tel Rousseau qui lui rend hommage dans sa *Lettre à d'Alembert sur les spectacles* (1758) ; elle a été jouée trente-deux fois de 1754 à 1760, ce qui constitue un véritable triomphe à l'époque. Toutefois, cette réussite reste sans lendemain, car la seconde pièce de Mme de Graffigny, *La Fille d'Aristide* (1758), essuie un échec complet qui affecte vivement l'auteure.

L'autre domaine littéraire dans lequel Mme de Graffigny se fait remarquer est le roman, avec les *Lettres d'une Péruvienne*, qui connaissent deux éditions. La première

– qui suit de très près une œuvre qu'elle a déjà publiée, *Nouvelle espagnole* (1745) – date de 1747, paraît de manière anonyme et ne compte que trente-huit lettres précédées d'un avertissement. La seconde, quant à elle, voit le jour en 1752 et est signée du nom de l'auteure ; elle constitue la version définitive de l'ouvrage, augmentée de trois lettres et d'une «introduction historique». Le roman est réédité plus d'une quarantaine de fois jusqu'à la fin du siècle et fait l'objet de plusieurs traductions : en italien, en anglais, en russe, en allemand, en espagnol, en portugais et en suédois. Il est également adapté au théâtre : sous la forme d'un opéra-comique, à la Foire Saint-Germain, en 1754, d'une comédie, la même année, en Italie, avec *La Peruviana* de Goldoni. Un autre signe de l'engouement suscité par l'œuvre est le nombre important de critiques qu'elle reçoit. Certes, elles ne sont pas toutes élogieuses, comme celles de Palissot, adversaire des philosophes, qui n'y trouve pas un grand intérêt. Mais, dans l'ensemble, l'enthousiasme est de mise : l'abbé Raynal, esprit éclairé, déclare à son sujet qu'«il y a longtemps qu'on ne nous [a] rien donné d'aussi agréable» (*Nouvelles littéraires*), et d'autres critiques ou auteurs connus de l'époque, comme Mme de Genlis, Fréron ou La Harpe, vont dans le même sens. Une dernière marque du succès du roman est la multiplication des suites qui lui sont données. Au nombre de cinq, écrites en espagnol, en anglais ou en français, elles sont publiées peu de temps après la parution de l'œuvre originale, puisque la première voit le jour dans les mois qui suivent celle-là et qu'elles s'échelonnent jusqu'en 1797. Certaines sont même relativement célèbres en leur temps. C'est le cas des *Lettres* d'*Aza ou d'un Péruvien*, datées de 1749 et composées par un essayiste mal connu, Lamarche-Courmont (1728-1768) : cette correspondance de trente-cinq lettres est considérée comme un complément et un prolongement des *Lettres d'une Péruvienne* et se trouve rapidement annexée aux rééditions du roman.

En définitive, Mme de Graffigny marque son époque essentiellement par deux œuvres, parmi lesquelles les *Lettres d'une Péruvienne*. On peut s'interroger sur l'intérêt de ses contemporains pour ce roman et tenter de déterminer les raisons qui ont plongé ce texte dans l'oubli les siècles qui ont suivi.

UN ROMAN D'AMOUR PAR LETTRES

Sans aucun doute, ce qui intéresse le public de l'époque, c'est le traitement de l'intrigue amoureuse. En effet, l'histoire en elle-même ne présente qu'un intérêt relativement limité. Elle ne met en scène que trois protagonistes : Zilia, une jeune Péruvienne promise au fils de l'Inca et enlevée le jour de ses noces par des Espagnols dont le bateau tombe ensuite aux mains des Français ; Déterville, le commandant du vaisseau français, très amoureux de Zilia et qui la prend en charge en France ; Aza, le prince inca, lui aussi capturé par les Espagnols et emmené en Espagne. À ces trois personnages s'ajoutent quelques figures secondaires – comme la mère de Déterville, hostile à Zilia et farouchement attachée au droit d'aînesse, ou Céline, la jeune sœur de Déterville, amie de la Péruvienne et soumise aux règles de la loi sociale –, mais aucune n'exerce une fonction déterminante pour l'intrigue. Finalement, l'histoire se réduit à une relation triangulaire, assez proche de celle des tragédies raciniennes. Zilia, tout imprégnée de sa religion, aime Aza, qu'elle a appris à adorer comme un dieu, mais ce dernier, infidèle, l'abandonne, se convertissant au christianisme et épousant une Espagnole. Quant à Déterville, il voue un amour désintéressé et sans borne à Zilia, qui le repousse et ne lui propose qu'une amitié sincère. La trame de l'œuvre est donc des plus simples et n'évite pas toujours les simplifications, voire les schématismes. Ainsi, Zilia et Déterville apparaissent comme des êtres relativement désincarnés, qui ne vivent qu'à travers leurs émotions et leurs pensées, le caractère de Céline est seulement esquissé et les quelques obstacles qui entravent les intrigues parallèles à l'histoire de Zilia sont rapidement évacués, comme l'atteste la lettre XXVII («Les juges ont rendu à Céline les biens dont sa mère l'avait privée»).

L'intérêt de l'œuvre est ailleurs. Il réside d'abord dans le mode de narration, très particulier. Il s'agit d'un roman épistolaire à une seule voix, dans la tradition des *Lettres portugaises* de Guilleragues (1628-1685), qui connurent un succès considérable au XVIIe siècle[1]. Dans sa version définitive, l'œuvre est en effet composée de quarante et une lettres, toutes entièrement de la main de Zilia (hormis un billet de Déterville inséré dans la lettre XXVII). En outre, à l'exception des cinq dernières

1. Voir dossier, p. 170.

lettres (lettres XXXVII à XLI) écrites à Déterville, toutes ont pour destinataire unique Aza, auquel Zilia s'adresse de manière quasi rituelle, soit au début, soit à la fin, avec la formule «Ô mon cher Aza». Il n'y a donc pas d'échange épistolaire, puisque le lecteur n'a pas accès à la correspondance reçue par Zilia, même s'il peut se faire une idée de son contenu grâce à des allusions, comme dans la lettre XXXIX («Puisque vous vous plaignez de moi, Monsieur»). L'œuvre ressemble davantage à une sorte de journal intime dans lequel l'héroïne fait part de ses expériences – comme la découverte des mœurs parisiennes, lettre XIV, ou la révélation de l'opéra, lettre XVII –, mais surtout de ses sentiments extrêmes, que ce soit le désespoir, comme dans la lettre III («en peu de jours je touchai au terme fatal, et j'y touchai sans regret»), ou l'enthousiasme, comme dans la lettre XXXV («Je parcourus les appartements dans une ivresse de joie qui ne me permettait pas de rien examiner»). Toutefois, ce qu'évoquent le plus souvent les lettres de Zilia, c'est la «chère lumière de [s]es jours» (lettre III), Aza, dont elle est séparée et dont elle pleure l'absence, ainsi que l'attestent la fin de la lettre I («Ô mon cher Aza! Tous les tourments des âmes tendres sont rassemblés dans mon cœur : un moment de ta vue les dissiperait; je donnerais ma vie pour en jouir») ou certaines phrases de la lettre XXXVI («Tu es plus près de moi, il est vrai; mais ton absence en est-elle moins réelle que si les mers nous séparaient encore? Je ne te vois point, tu ne peux m'entendre : pourquoi cesserais-je de m'entretenir avec toi de la seule façon dont je puis le faire? Encore un moment, et je te verrai; mais ce moment n'existe point»). Et, par là même, c'est un hymne à l'amour que la jeune Péruvienne fait entendre, un amour qu'elle a éprouvé dès la première rencontre, comme elle le rappelle dans la lettre II : « Tu parus au milieu de nous comme un Soleil levant dont la tendre lumière prépare la sérénité d'un beau jour. [...] Pour la première fois j'éprouvai du trouble, de l'inquiétude, et cependant du plaisir. » La situation n'est pas sans rappeler les amours passionnelles du théâtre de Racine : l'image du feu (« Quel autre que le principe du feu aurait pu nous transmettre cette vive intelligence des cœurs, communiquée, répandue, et sentie avec une rapidité inexplicable ? », *ibid.*) ou encore le champ lexical de la religion (« je pris le feu qui m'animait pour une agitation divine », « accoutumée au nom sacré d'épouse du Soleil, je bornais mon espérance à te voir tous les jours, à t'adorer, à t'offrir des vœux comme à lui », *ibid.*), récurrents dans l'œuvre racinienne, favorisent ce rapprochement.

Ainsi, la simplicité de l'intrigue amoureuse se trouve rehaussée par la force de l'amour de Zilia pour Aza, dont se fait écho le dénouement, assez inattendu et peu apprécié des contemporains de l'auteure. En effet, de nombreux critiques de l'époque ont reproché à Mme de Graffigny de ne pas avoir choisi une fin heureuse : Zilia aurait pu, par exemple, se convertir au christianisme comme Aza et se marier avec lui. Or l'auteure des *Lettres d'une Péruvienne* réserve à son héroïne un sort proche de celui de la Princesse de Clèves – le personnage du roman éponyme de Mme de Lafayette (1678)[1] – et de celui de Mariane – la religieuse portugaise de l'œuvre de Guilleragues (1669). En effet, Zilia,

1. Voir dossier, p. 172.

comme Mariane, se trouve trahie dans ses attentes amoureuses et abandonnée par son amant («Ce n'est plus la perte de ma liberté, de mon rang, de ma patrie, que je regrette; ce ne sont plus les inquiétudes d'une tendresse innocente qui m'arrachent des pleurs; c'est la bonne foi violée, c'est l'amour méprisé, qui déchirent mon âme. Aza est infidèle!», lettre XXXVIII). De même, comme l'héroïne de Mme de Lafayette, la jeune Péruvienne se retire du monde et, après avoir éprouvé une grande passion, recherche la sérénité, comme elle l'explique à Déterville dans sa dernière lettre : «Renoncez aux sentiments tumultueux, destructeurs imperceptibles de notre être; venez apprendre à connaître les plaisirs innocents et durables.» Toutefois, le destin de Zilia se distingue de celui de ses consœurs dans la mesure où elle ne s'enferme pas dans un couvent et où elle invite ses intimes – Céline et Déterville – à la rejoindre : «Venez, Déterville, venez apprendre de moi à économiser les ressources de notre âme et les bienfaits de la nature» (*ibid.*). En outre, elle ne renonce pas à son amour pour Aza, fait extraordinaire pour les contemporains de Mme de Graffigny, mais en accord avec la personnalité de la jeune femme. En effet, Zilia connaît pour Aza un sentiment extrêmement fort, proche du mysticisme, comme elle le souligne dans sa dernière lettre : «Mais quand je l'oublierais, fidèle à moi-même, je ne serai point parjure. Le cruel Aza abandonne un bien qui lui fut cher; ses droits sur moi n'en sont pas moins sacrés» (*ibid.*). Zilia est donc loin d'être une amoureuse traditionnelle…

Enfin, une autre singularité du personnage principal renforce l'intrigue : Zilia est étrangère. Elle permet ainsi au lecteur d'accéder à une culture qui lui est largement inconnue, même si la principale source de Mme de Graffigny, l'*Histoire des Incas* de Garcilaso de la Vega (1633, pour la traduction française), fut plusieurs fois rééditée au XVIIᵉ et au XVIIIᵉ siècle. Or, en particulier depuis la traduction des *Mille et Une Nuits* par Antoine Galland entre 1703 et 1717, l'exotisme, qu'il vienne d'Orient ou d'Amérique, est au goût du jour, et il suffit d'évoquer quelques titres – les *Lettres persanes* de Montesquieu (1721), *Alzire ou les Américains* (1736) et *Zadig* (1748) de Voltaire – pour s'en convaincre. Les *Lettres d'une Péruvienne* s'inscrivent donc dans un effet de mode dont Mme de Graffigny tire parti. Le «dépaysement» tient d'abord à la présence de termes péruviens, surtout fréquents dans les premières pages de l'œuvre [1]. Ils servent à décrire concrètement le monde péruvien, dans différents domaines : géographique – grâce à la mention de quelques hauts lieux incas, tels *Cuzco*, *Quitu* ou le lac *Tisicaca*; historique – avec le nom *Mancocapac*, lié à la naissance mythique de la civilisation inca; politique – avec l'évocation des différents types de notables tels le *Cacique*, l'Inca ou les *Curacas*; social – grâce à la représentation des différentes catégories, allant de la domesticité, les *Chinas*, aux gens de lettres, les *Amautas* ou les *Hasavecs*; religieuse – avec la présence de nombreux dieux (*Pachacammac*, *Viracocha*, *Yalpor*...) et la mention d'un certain nombre de cultes, comme le *Raymi*. Mais l'exotisme se remarque aussi à travers le système de valeurs de Zilia, largement différent de celui du monde occidental. Ainsi, ce qu'elle revendique, c'est l'aptitude

---

1. Nous les avons regroupés dans un glossaire, p. 168.

naturelle à la vertu (lettres I, XVI, XXXII et XXXIX), la sincérité de la parole (lettres II, XXXII et XXXIX), le maintien et la réserve dans le comportement (lettres XI, XIV et XV). Or, dès son arrivée à Paris, Zilia remarque que ces qualités manquent aux Français : « Dans les différentes contrées que j'ai parcourues je n'ai point vu de sauvages si orgueilleusement familiers que ceux-ci. Les femmes surtout me paraissent avoir une bonté méprisante qui révolte l'humanité et qui m'inspirerait peut-être autant de mépris pour elles qu'elles en témoignent pour les autres, si je les connaissais mieux » (lettre XIV). Ainsi, très rapidement, l'étrangère n'est plus seulement une amoureuse déracinée : elle se transforme en une observatrice attentive de la société qui la reçoit. Alors, le roman d'amour devient roman philosophique…

UNE ŒUVRE PHILOSOPHIQUE

L'utilisation du regard étranger n'est pas neuve et, de ce point de vue, Mme de Graffigny est largement redevable à son illustre prédécesseur, Montesquieu, auteur des *Lettres persanes* (1721). À l'époque de la parution des *Lettres d'une Péruvienne*, le procédé est encore très exploité et présente un certain nombre d'avantages, comme celui d'éviter la censure, alors très active, et celui de donner plus de poids aux critiques formulées, puisqu'elles sont censées avoir été énoncées par un personnage naïf, ou du moins sans préjugé à l'égard de la société dans laquelle il évolue. Zilia émet des avis positifs ou négatifs, selon les domaines qu'elle envisage. Ainsi, au sujet des arts, elle se révèle farouchement hostile au théâtre tragique mais loue sans réserve l'opéra : «Celui-là, cruel, effrayant, révolte la raison et humilie l'humanité. Celui-ci, amusant, agréable, imite la nature et fait honneur au bon sens» (lettre XVII). De même, elle fait l'éloge de la lecture (lettre XX), des prouesses techniques dans la maîtrise des jets d'eau et de la pyrotechnie (lettre XXVIII). Toutefois, ce regard de la jeune Péruvienne sur la France est le plus souvent négatif. Elle déplore le manque d'ouverture d'esprit des prêtres, qui ne tolèrent que leurs seules lois morales : «son visage [celui de Déterville] et ses paroles devinrent sévères : il osa me dire que mon amour pour toi était incompatible avec la vertu, qu'il fallait renoncer à l'un ou à l'autre, enfin que je ne pouvais t'aimer sans crime» (lettre XXII). Elle condamne aussi quelques institutions, comme le duel (lettre XXXIII), qu'elle considère comme «une nouvelle extravagance», ou le droit d'aînesse (lettre XIX), qui contraint Déterville à «choisir un certain ordre» (*ibid.*) et Céline à se retirer au couvent alors qu'elle aspire à se marier. Dans l'un des domaines largement exploités par les philosophes, la politique, Zilia souligne les dysfonctionnements du pouvoir royal : elle a le sentiment que le pouvoir politique s'est perverti, dans la mesure où le roi ne cherche qu'à assouvir ses besoins et ceux d'une minorité – « Ce souverain répand ses libéralités sur un si petit nombre de ses sujets, en comparaison de la quantité des malheureux, qu'il y aurait autant de folie à prétendre y avoir part» (lettre XX). Selon elle, cette organisation a des conséquences néfastes : la noblesse se trouve complètement asservie au roi et le peuple est condamné à être indigent : «Une partie du peuple est obligée, pour vivre, de s'en rapporter à l'humanité des autres : les effets en sont si bornés, qu'à peine ces malheureux ont-ils suffisamment de quoi s'empêcher de mourir» (*ibid.*). En outre, la société française connaît une véritable déchéance morale, puisque la valeur suprême est l'or, qui régit les relations : «Sans avoir de l'or, il est impossible d'acquérir une portion de cette terre que la nature a donnée à tous les hommes. Sans posséder ce qu'on appelle du bien, il est impossible d'avoir de l'or» (*ibid.*).

Très rapidement, Mme de Graffigny, par l'intermédiaire de Zilia, se consacre à une analyse plus restreinte : celle du comportement du groupe social que l'héroïne côtoie, la noblesse. Certes, Zilia trouve les Français plus civilisés que les Espagnols : «Le visage riant de ceux-ci, la douceur de leur regard, un certain empressement répandu sur leurs actions, et qui paraît être de la bienveillance, prévient en leur faveur» (lettre IV). Elle rend même parfois compte de son admiration à leur égard : «Il faut, ô lumière de mes jours ! un génie plus qu'humain pour inventer des choses si utiles et si singulières» (lettre XII), «Quel art, mon cher Aza ! Quels hommes ! Quel génie ! J'oublie tout ce que j'ai entendu, tout ce que j'ai vu de leur petitesse : je retombe malgré moi dans mon ancienne admiration» (lettre XXVIII). Cependant, là encore, le constat est amer : aux yeux de Zilia, les nobles français présentent de nombreuses tares, dont la principale est le culte des apparences. La jeune Péruvienne y revient plusieurs fois, en particulier dans les lettres XX et XXIX. Elle est principalement sensible à l'opposition qui existe entre la richesse de façade et la pauvreté réelle : «Le malheur des nobles, en général, naît des difficultés qu'ils trouvent à concilier leur magnificence apparente avec leur misère réelle» (lettre XX), «Quelle peine! Quel embarras! Quel travail pour soutenir leur dépense au-delà de leurs revenus! Il y a peu de seigneurs qui ne mettent en usage plus d'industrie, de finesse et de supercherie pour se distinguer par de frivoles somptuosités, que leurs ancêtres n'ont employé de prudence, de valeur et de talents utiles à l'État pour illustrer leur propre nom» (lettre XXIX). Ce défaut rend les nobles français très superficiels. Ils se complaisent dans une frivolité de mauvais aloi : «ils tirent à grands frais de toutes les parties du monde les meubles fragiles et sans usage qui font l'ornement de leurs maisons, les parures éblouissantes dont ils sont couverts, jusqu'aux mets et aux liqueurs qui composent leurs repas» (*ibid.*). De plus, ils ne semblent éprouver aucun sentiment – « Dans les grandes maisons, un domestique est chargé de remplir les devoirs de la société. Il fait chaque jour un chemin considérable pour aller dire à l'un que l'on est en peine de sa santé, à l'autre que l'on s'afflige de son chagrin, ou que l'on se réjouit de son plaisir. À son retour, on n'écoute point les réponses qu'il rapporte. On est convenu réciproquement de s'en tenir à la forme, de n'y mettre aucun intérêt; et ces attentions tiennent lieu d'amitié» (*ibid.*) – et n'échappent ni à l'hypocrisie ni à la calomnie – « Les agréments que l'on trouvait à celle qui sort ne servent plus que de comparaison méprisante pour établir les perfections de celle qui arrive», lettre XXXII. À ce «caractère léger» (lettre XXXIII) s'ajoute parfois une attitude déplacée et inconvenante par rapport à la morale. Zilia en fait les frais avec un jeune seigneur, lors de sa première apparition en public, comme elle le rappelle dans la lettre XIV : « ce sauvage téméraire, enhardi par la familiarité de la *Pallas*, et peut-être par ma retenue, ayant eu l'audace de porter la main sur ma gorge, je le repoussai avec une surprise et une indignation qui lui firent connaître que j'étais mieux instruite que lui des lois de l'honnêteté ». En bref, c'est une société partiellement déchue que nous présente Zilia, qui la fascine parfois et souvent la révolte.

Par ces différentes critiques, Mme de Graffigny s'inscrit dans la perspective des philosophes des Lumières, qui relevèrent aussi les dysfonctionnements de la société française. Toutefois, si l'on rapproche les *Lettres d'une Péruvienne* de *Zadig* et des *Lettres persanes*, on constate ce qui fait défaut à l'œuvre : l'ironie. Au regard de Voltaire et de Montesquieu, Mme de Graffigny apparaît comme une auteure un peu timide…

L'ORIGINALITÉ DES *LETTRES*

Cependant, à plus d'un titre, l'œuvre présente des aspects, sinon complètement originaux, du moins très intéressants.

Aujourd'hui, ce qui retient l'attention du lecteur, c'est le message féministe que Mme de Graffigny inscrit dans son texte. Il apparaît clairement dans la lettre XXXIII et surtout dans la lettre XXXIV, la plus longue de l'œuvre, ajoutée à l'édition définitive. Les différentes réflexions de Zilia tendent à dénoncer la société phallocratique[1] qui réduit la femme au statut d'objet et d'éternelle mineure. En effet, dans un premier temps, l'héroïne souligne l'ambivalence du regard masculin sur les femmes : les hommes semblent mettre les femmes sur un piédestal mais, en réalité, les méprisent – « L'homme du plus haut rang doit des égards à celle de la plus vile condition, il se couvrirait de honte et de ce qu'on appelle ridicule, s'il lui faisait quelque insulte personnelle. Et cependant l'homme le moins considérable, le moins estimé, peut tromper, trahir une femme de mérite, noircir sa réputation par des calomnies, sans craindre ni blâme ni punition» (lettre XXXIII). Elle condamne sans appel les lois qui régissent le mariage et qui attribuent tous les avantages aux hommes : «Un mari, sans craindre aucune punition, peut avoir pour sa femme les manières les plus rebutantes, il peut dissiper en prodigalités aussi criminelles qu'excessives non seulement son bien, celui de ses enfants, mais même celui de la victime qu'il fait gémir presque dans l'indigence par une avarice pour les dépenses honnêtes, qui s'allie très communément ici avec la prodigalité. Il est autorisé à punir rigoureusement l'apparence d'une légère infidélité en se livrant sans honte à toutes celles que le libertinage lui suggère» (lettre XXXIV). D'une manière encore plus fondamentale, Mme de Graffigny remet en cause l'ensemble du système éducatif mis en place pour les jeunes filles dans

---

1. *Phallocratique* : caractérisée par la domination des hommes sur les femmes.

les couvents, qui se révèle caduc et les laisse dans une ignorance quasi totale, y compris dans le domaine moral : «on les enferme dans une maison religieuse pour leur apprendre à vivre dans le monde ; [...] on confie le soin d'éclairer leur esprit à des personnes auxquelles on ferait peut-être un crime d'en avoir, et qui sont incapables de leur former le cœur, qu'elles ne connaissent pas» (*ibid.*). Fille ou épouse, la femme est réduite à être une poupée futile et superficielle, assimilable à une sorte d'animal dressé pour faire bonne impression en public : «Régler les mouvements du corps, arranger ceux du visage, composer l'extérieur, sont les points essentiels de l'éducation. C'est sur les attitudes plus ou moins gênantes de leurs filles que les parents se glorifient de les avoir bien élevées. [...] On excite sans cesse en elles ce méprisable amour-propre, qui n'a d'effet que sur les agréments extérieurs» (*ibid.*). L'auteure des *Lettres d'une Péruvienne* dresse donc un véritable plaidoyer en faveur de la condition féminine, à la fois révélateur de la société du XVIIIe siècle et annonciateur des nombreuses revendications qui se feront entendre par la suite.

Un autre point permet de souligner la singularité de l'œuvre : elle participe à une transformation du mythe du bon sauvage, particulièrement en vogue au XVIIIe siècle. En effet, comparé à une France décevante, le Pérou ne peut apparaître qu'idéalisé aux yeux de Zilia et ne peut devenir qu'un contre-modèle utopique, aussi bien dans les domaines politique et social que moral. Le Pérou réinventé semble offrir différentes solutions pour remédier aux carences du système français. D'une part, à l'inverse des Français, Zilia analyse son environnement de façon logique, rigoureuse et dénuée de préjugés. Si l'on s'en tient à la lettre XX, par exemple, le personnage envisage la situation de la France selon une double progression thématique et inductive, et multiplie les connecteurs logiques. D'autre part, Zilia propose en filigrane un système de valeurs politique et moral, à la fois cohérent et sans failles. Ainsi, dans le domaine politique, en accordant la primauté à la nature, elle prône une forme de gouvernement où le souverain se trouve entièrement dévoué au peuple et considère la vertu et la pureté des mœurs comme fondamentales. Toutefois, Mme de Graffigny ne tombe pas dans le schématisme du «bon sauvage» : à côté de Zilia, dont les convictions sont inébranlables et la sincérité absolue, le personnage d'Aza, largement idéalisé par l'héroïne, n'hésite pas, à l'image des Occidentaux, à trahir sa parole et sa religion.

En outre, à la différence de Voltaire ou de Montesquieu, la romancière donne à voir la dimension étrangère de son héroïne en mettant en évidence les difficultés de communication qu'elle rencontre. Au début de l'œuvre, elle ne connaît pas le français ni l'écriture telle que nous la pratiquons : elle utilise une technique péruvienne, les *quipos*, pour écrire à Aza ; les premières lettres sont donc présentées au lecteur comme des traductions. L'avertissement qui les précède et les inexactitudes, les périphrases que Zilia emploie soulignent sa difficulté à cerner une société qu'elle ne connaît pas. C'est seulement à cause du manque de fils, mentionné dans la lettre XVII, que Zilia en vient à un apprentissage linguistique, qui permet d'affiner son approche de la civilisation française : «À mesure que j'en ai acquis l'intelligence, un nouvel univers s'est offert à mes yeux» (lettre XVIII). Il y alors pour elle un rapport étroit entre l'être et le langage, relation qui sera développée ensuite par Rousseau dans l'*Essai sur l'origine des langues* (1781).

Cette œuvre permet d'ailleurs de nombreux rapprochements avec les différentes thèses soutenues par l'auteur des *Confessions*. Sans aucun doute, les deux écrivains ne sont pas superposables; il suffit pour s'en convaincre de confronter la lettre XXXIV des *Lettres d'une Péruvienne* avec certains passages de l'*Émile* (1762) consacrés à l'éducation de Sophie pour prendre conscience du fossé qui les sépare! Toutefois, dans d'autres domaines, les convergences sont troublantes. Ils manifestent le même enthousiasme pour l'opéra[1]. D'une manière plus fondamentale, l'auteure des *Lettres d'une Péruvienne* partage l'opinion de Rousseau dans son *Discours sur les sciences et les arts* (1750) concernant le développement des arts et des techniques : poussé à l'extrême, il n'entraîne que déclin et décadence de la civilisation. Par ailleurs, la conception du bonheur esquissée par Mme de Graffigny se trouve très proche de celle de Rousseau. En effet, dans sa dernière lettre, Zilia établit un lien étroit entre bonheur et nature – « Sans approfondir les secrets de la nature, le simple examen de ses merveilles n'est-il pas suffisant pour varier et renouveler sans cesse des occupations toujours agréables? La vie suffit-elle pour acquérir une connaissance non seulement légère, mais intéressante, de l'univers, de ce qui m'environne, de ma propre existence? » – et perçoit le premier comme un état complexe, mobilisant tous les sens de l'individu, mais aussi

1. Voir le dossier, p. 185.

fugace parce qu'il est lié à l'instant – « Le plaisir d'être; ce plaisir oublié, ignoré même de tant d'aveugles humains; cette pensée si douce, ce bonheur si pur, *je suis, je vis, j'existe*, pourrait seul rendre heureux, si l'on s'en souvenait, si l'on en jouissait, si l'on en connaissait le prix.» De tels propos ne pourraient qu'être approuvés par l'auteur de la cinquième promenade des *Rêveries du promeneur solitaire*.

Ainsi l'œuvre de Mme de Graffigny mérite-t-elle d'être redécouverte à plus d'un titre : elle s'inscrit dans la filiation d'œuvres phares du siècle des Lumières et s'en distingue, faisant entendre la voix, encore isolée, d'une femme qui s'élève contre les injustices perpétrées à l'encontre de son sexe.

Mme de Graffigny.

**REPÈRES
HISTORIQUES
ET CULTURELS**

———

**VIE
ET ŒUVRE
DE L'AUTEURE**

*1695
1758*

1697	Bayle, *Dictionnaire historique et critique.*
1702-1712	Guerre de Succession d'Espagne : en 1700, à la mort du roi d'Espagne, Charles II, le duc d'Anjou et petit-fils de Louis XIV accède au trône et devient Philippe V. L'Angleterre et les Pays-Bas, craignant la nouvelle puissance de la France, s'allient contre elle avec la Bavière, la Prusse et l'Autriche. En 1712, le congrès d'Utrecht réunit les belligérants : Philippe V conserve le trône d'Espagne mais doit renoncer pour lui et pour sa descendance au trône de France. Fin de l'hégémonie française en Europe.
1704	Début de la parution de la traduction des *Mille et Une Nuits* par Antoine Galland.
1705	Boileau, *Satires* (livres X à XII).
1709	Lesage, *Turcaret* (comédie).
1715	Mort de Louis XIV. Régence de Philippe d'Orléans.
1721	Montesquieu, *Lettres persanes.*
1723	Mort du Régent. Début du règne personnel de Louis XV. Marivaux, *La Double Inconstance.*

1695

Naissance de Françoise d'Issembourg d'Happoncourt, future Mme de Graffigny. Son père est un militaire de petite noblesse ; sa mère est une petite-nièce du graveur Jacques Callot.

1712-1723

Françoise d'Issembourg d'Happoncourt épouse François Huguet de Graffigny, dont la famille a été anoblie en 1704. Ils ont trois enfants, qui meurent en bas âge. La mésentente au sein du couple aboutit à une séparation des époux.

1725	Marivaux, *L'Île des esclaves*.
1731	Prévost, *Manon Lescaut*.
1734	Voltaire, *Lettres philosophiques*. Montesquieu, *Considérations sur les causes de la grandeur des Romains et de leur décadence*.
1735	La Condamine se rend au Pérou pour mesurer un arc de méridien. Rameau, *Les Incas*. Traité de Vienne qui met fin à l'indépendance de la Lorraine : elle revient à Stanislas Leszczyński, roi dépossédé de Pologne et beau-père de Louis XV, et à la France ; son duc reçoit la Toscane en échange.
1737	Marivaux, *Les Fausses Confidences*.

VIE ET ŒUVRE
DE L'AUTEURE

1725 Mort de M. de Graffigny.
Mme de Graffigny s'attache alors
à la cour de Lorraine, où elle reçoit
la protection de Madame, mère du
duc François de Lorraine, et où elle
rencontre Antoine Devaux, dit Panpan,
avec lequel elle se lie d'amitié,
et Léopold Desmarets, jeune officier
de cavalerie, âgé de dix-sept ans, dont
elle tombe très amoureuse.

1735 Séjour de Mme de Graffigny à Cirey, chez
Mme du Châtelet et son compagnon,
Voltaire. Elle en est chassée au bout de
six mois, car elle est soupçonnée par
Voltaire d'avoir divulgué des passages
de son poème la «Pucelle d'Orléans».

1739 Arrivée à Paris de Mme de Graffigny, qui
reçoit la protection de la jeune duchesse
de Richelieu.

1740 Mort de la duchesse de Richelieu.
Mme de Graffigny se trouve dans une
situation économique délicate et se retire
dans un couvent, où elle sert de dame
de compagnie à la princesse de Ligne.

1744   Nouvelle traduction, par Dalibard, de l'*Histoire des Incas* de Garcilaso de la Vega.

1746   Élection de Voltaire à l'Académie française.

1748   Montesquieu, *De l'esprit des lois*.
Voltaire, *Zadig*.

1749   Buffon, *Histoire naturelle* (les trois premiers volumes ; il y en aura trente-six). Parution des *Lettres d'Aza ou d'un Péruvien*, écrites par un auteur resté mal connu, Lamarche-Courmont. L'œuvre remporte un vif succès ; à partir de 1760, elle est presque toujours annexée aux éditions des *Lettres d'une Péruvienne*.

VIE ET ŒUVRE
DE L'AUTEURE

1742   Mme de Graffigny parvient à s'installer dans une maison près du jardin du Luxembourg, à Paris, et fréquente un petit cercle, où elle rencontre Crébillon fils, Diderot, Rousseau, Marivaux et d'Alembert.

1743   Fin de la liaison de Mme de Graffigny avec Léopold Desmarets.

1745   Parution du premier ouvrage de Mme de Graffigny, *Nouvelle espagnole*.

1747   Première parution des *Lettres d'une Péruvienne*. Le texte comporte alors trente-huit lettres précédées d'un avertissement. L'œuvre est reçue avec enthousiasme, comme en témoigne la première suite qui lui est donnée, quelques mois plus tard (voir p. 7). Mme de Graffigny tire profit de son succès pour écrire des saynètes à l'attention des princesses impériales de la cour de Vienne (parmi lesquelles la future Marie-Antoinette) et ouvre un petit salon où elle reçoit des philosophes (Rousseau, d'Alembert, Helvétius, Marivaux, Voltaire…) et de hauts fonctionnaires (Turgot, Choiseul, d'Argenson).

REPÈRES HISTORIQUES ET CULTURELS

1750	Rousseau, *Discours sur les sciences et les arts*.
1751	Parution du premier tome de l'*Encyclopédie*, dirigée par Diderot et d'Alembert.
1752	Voltaire, *Micromégas* (conte philosophique). Rousseau, *Le Devin du village* (opéra). Première condamnation de l'*Encyclopédie*.
1754	Création à Venise de la *Peruviana* de Goldoni, comédie inspirée à la fois des *Lettres d'une Péruvienne* de Mme de Graffigny et des *Lettres d'Aza* de Lamarche-Courmont.
1755	Mort de Montesquieu et de Saint-Simon. Rousseau, *Discours sur l'origine et les fondements de l'inégalité parmi les hommes*.
1756	Voltaire, *Essai sur les mœurs et l'esprit des nations*. L'auteur y évoque la civilisation de l'Empire inca du Pérou, qu'il compare à celle de l'Empire aztèque du Mexique. Menaces contre les philosophes : la publication de l'*Encyclopédie* est interrompue.
1756-1763	Guerre de Sept Ans, qui ravage l'Europe. À son issue, la France perd le Canada et les Indes.
1758	Rousseau, *Lettre à d'Alembert sur les spectacles*.
1759	Voltaire, *Candide*.

VIE ET ŒUVRE
DE L'AUTEURE

1750

Représentation de *Cénie*, comédie larmoyante en prose, qui connaît un triomphe : elle est saluée notamment par Rousseau et les frères Grimm. Elle sera jouée trente-deux fois de 1754 à 1760.

1752

Seconde édition des *Lettres d'une Péruvienne*, augmentée de trois lettres (dont les lettres XXIX et XXXIV) et d'une introduction historique. C'est l'un des plus grands succès en librairie de l'époque : l'œuvre est rééditée quarante-deux fois jusqu'à la fin du siècle.

Chronologie

1758

La représentation de *La Fille d'Aristide*, pièce d'inspiration grecque, est un échec complet.
Mort de Mme de Graffigny. Elle laisse derrière elle beaucoup de dettes.

Note de l'éditeur : cette édition suit celle établie par Bernard Bray et Isabelle Landy-Houillon pour le recueil *Lettres portugaises, Lettres d'une Péruvienne et autres romans d'amour par lettres* (GF-Flammarion, 1983), qui reproduit l'édition complète de 1752, en en modernisant l'othographe, en effectuant quelques rares corrections de ponctuation et en limitant l'usage des majuscules (très important dans l'édition de 1752, probablement lié à l'habitude typographique de l'époque et à la volonté de souligner l'étrangeté de certains concepts pour Zilia, tels «nation», «province», «contrée», «sauvage», «amant»...) à quelques mots – les termes «Soleil», «Dieu», «Ciel», «Vierge», «Créateur»..., et tous les noms référant à la civilisation inca (fonctions, dignités), à l'exception de ceux désignant des objets (*maïs, quipos*).

Mme de Graffigny a pris soin d'expliquer la signifiaction des mots de la civilisation inca par des notes (NdA), sans toutefois procéder de façon systématique. Pour faciliter la lecture, nous avons signalé par un astérisque, dans chaque lettre, chaque terme renvoyant au glossaire, p. 168. Enfin, l'orthographe de certains de ces mots offrait quelques variantes (*Pachacammac, Pachacamac*; *Cucipata, Cusipata*...). Nous avons retenu la graphie qui était la plus courante dans les lettres.

Lettres d'une Péruvienne

Conquistadores espagnols s'emparant
de la ville de Cuzco, en 1532. Gravure allemande (XVIe siècle).

La référence à cet épisode de l'Histoire – la prise de la capitale de l'Empire inca p
Francisco Pizarro pour la couronne d'Espagne – dans les premières lettres de Z
et dans l'introduction historique qui les précède semble ancrer l'intrigue des *Lettr*
d'une Péruvienne au XVIe siècle, mais la suite de l'œuvre, avec l'arrivée de Zilia à Par
la transpose explicitement au XVIIIe siècle, permettant à l'auteure de se livrer à u
critique de son époque.

Avertissement

Si la vérité, qui s'écarte du vraisemblable, perd ordinairement son crédit aux yeux de la raison, ce n'est pas
sans retour ; mais pour peu qu'elle contrarie le préjugé,
rarement elle trouve grâce devant son tribunal.

5   Que ne doit donc pas craindre l'éditeur de cet
ouvrage, en présentant au public les lettres d'une jeune
Péruvienne, dont le style et les pensées ont si peu de rapport à l'idée médiocrement avantageuse qu'un injuste
préjugé nous a fait prendre de sa nation.

10   Enrichis par les précieuses dépouilles du Pérou, nous
devrions au moins regarder les habitants de cette partie
du monde comme un peuple magnifique ; et le sentiment du respect ne s'éloigne guère de l'idée de la magnificence [1].

15   Mais toujours prévenus en notre faveur [2], nous n'ac-
cordons du mérite aux autres nations qu'autant que leurs
mœurs imitent les nôtres, que leur langue se rapproche
de notre idiome [3]. Comment peut-on être Persan [4] ?

---

1. *Magnificence* : luxe, splendeur.
2. *Prévenus en notre faveur* : dans une disposition d'esprit favorable
à nous-mêmes.
3. *Idiome* : langue.
4. *Lettres persanes.* (NdA) [« Comment peut-on être Persan ? » est une
citation fameuse de l'œuvre de Montesquieu (voir dossier, p. 176).]

Nous méprisons les Indiens; à peine accordons-nous une âme pensante à ces peuples malheureux; cependant leur histoire est entre les mains de tout le monde; nous y trouvons partout des monuments[1] de la sagacité[2] de leur esprit, et de la solidité de leur philosophie.

Un de nos plus grands poètes a crayonné les mœurs indiennes dans un poème dramatique, qui a dû contribuer à les faire connaître[3].

Avec tant de lumières répandues sur le caractère de ces peuples, il semble qu'on ne devrait pas craindre de voir passer pour une fiction des lettres originales, qui ne font que développer ce que nous connaissons déjà de l'esprit vif et naturel des Indiens; mais le préjugé a-t-il des yeux? Rien ne rassure contre son jugement, et l'on se serait bien gardé d'y soumettre cet ouvrage, si son empire était sans bornes.

Il semble inutile d'avertir que les premières lettres de Zilia ont été traduites par elle-même : on devinera aisément qu'étant composées dans une langue, et tracées d'une manière qui nous sont également inconnues, le recueil n'en serait pas parvenu jusqu'à nous, si la même main ne les eût écrites dans notre langue.

Nous devons cette traduction au loisir de Zilia dans sa retraite[4]. La complaisance qu'elle a eue de les communiquer au chevalier Déterville, et la permission qu'il obtint de les garder les a fait passer jusqu'à nous.

On connaîtra facilement aux fautes de grammaire et aux négligences du style, combien on a été scrupuleux de ne rien dérober à l'esprit d'ingénuité qui règne dans

---

1. *Monuments* : ici, au sens figuré, exemples imposants.

2. *Sagacité* : perspicacité, clairvoyance.

3. Alzire. (NdA) [Allusion à la tragédie en cinq actes de Voltaire, *Alzire ou les Américains*, représentée en 1736. L'action se déroule à Lima, au moment où le peuple péruvien cherche à se libérer de la première domination espagnole.]

4. *Retraite* : lieu où l'on se retire (voir lettre XL).

38

cet ouvrage. On s'est contenté de supprimer un grand nombre de figures hors d'usage dans notre style : on n'en a laissé que ce qu'il en fallait pour faire sentir combien il était nécessaire d'en retrancher.

On a cru aussi pouvoir, sans rien changer au fond de la pensée, donner une tournure plus intelligible à de certains traits métaphysiques, qui auraient pu paraître obscurs. C'est la seule part que l'on ait à ce singulier ouvrage.

Introduction historique
aux *Lettres péruviennes*

Il n'y a point de peuple dont les connaissances sur son origine et son antiquité soient aussi bornées[1] que celles des Péruviens. Leurs annales[2] renferment à peine l'histoire de quatre siècles.

Mancocapac*, selon la tradition de ces peuples, fut 5 leur législateur, et leur premier Inca*. Le Soleil, disait-il, qu'ils appelaient leur père, et qu'ils regardaient comme leur Dieu, touché de la barbarie dans laquelle ils vivaient depuis longtemps, leur envoya du Ciel deux de ses enfants, un fils et une fille, pour leur donner des lois, et 10 les engager, en formant des villes et en cultivant la terre, à devenir des hommes raisonnables.

C'est donc à *Mancocapac* et à sa femme *Coya-Mama-Oello-Hunco** que les Péruviens doivent les principes, les mœurs et les arts qui en avaient fait un peuple heureux, 15 lorsque l'avarice[3], du sein d'un monde dont ils ne soupçonnaient pas même l'existence, jeta sur leurs terres des tyrans dont la barbarie fit la honte de l'humanité et le crime de leur siècle.

---

1. *Bornées* : ici, limitées.
2. *Annales* : ouvrages rapportant les événements dans l'ordre chronologique, année par année.
3. *Avarice* : amour excessif des richesses, cupidité.

Les circonstances où se trouvaient les Péruviens lors de la descente des Espagnols ne pouvaient être plus favorables à ces derniers. On parlait depuis quelque temps d'un ancien oracle[1] qui annonçait qu'*après un certain nombre de rois, il arriverait dans leur pays des hommes extraordinaires, tels qu'on n'en avait jamais vu, qui envahiraient leur royaume et détruiraient leur religion.*

Quoique l'astronomie fût une des principales connaissances des Péruviens, ils s'effrayaient des prodiges ainsi que bien d'autres peuples. Trois cercles qu'on avait aperçus autour de la lune, et surtout quelques comètes, avaient répandu la terreur parmi eux ; une aigle poursuivie par d'autres oiseaux, la mer sortie de ses bornes, tout enfin rendait l'oracle aussi infaillible que funeste.

Le fils aîné du septième des Incas, dont le nom annonçait dans la langue péruvienne la fatalité de son époque[2], avait vu autrefois une figure fort différente de celle des Péruviens. Une barbe longue, une robe qui couvrait le spectre jusqu'aux pieds, un animal inconnu qu'il menait en laisse ; tout cela avait effrayé le jeune prince, à qui le fantôme avait dit qu'il était fils du Soleil, frère de *Mancocapac,* et qu'il s'appelait *Viracocha**. Cette fable ridicule s'était malheureusement conservée parmi les Péruviens, et dès qu'ils virent les Espagnols avec de grandes barbes, les jambes couvertes et montés sur des animaux dont ils n'avaient jamais connu l'espèce, ils crurent voir en eux les fils de ce *Viracocha* qui s'était dit fils du Soleil, et c'est de là que l'usurpateur se fit donner par les ambassadeurs qu'il leur envoya le titre de descendant du Dieu qu'ils adoraient : tout fléchit devant eux, le peuple est partout le même. Les Espagnols furent reconnus presque généralement pour des Dieux, dont on ne

41

---

1. *Oracle* : prophétie.
2. Il s'appelait *Yahuarhuocac,* ce qui signifiait littéralement *Pleure-sang.* (NdA)

parvint point à calmer les fureurs par les dons les plus considérables et les hommages les plus humiliants.

Les Péruviens, s'étant aperçus que les chevaux des Espagnols mâchaient leurs freins, s'imaginèrent que ces monstres domptés, qui partageaient leur respect et peut-être leur culte, se nourrissaient de métaux, ils allaient leur chercher tout l'or et l'argent qu'ils possédaient, et les entouraient chaque jour de ces offrandes[1]. On se borne à ce trait pour peindre la crédulité des habitants du Pérou, et la facilité que trouvèrent les Espagnols à les séduire.

Quelque hommage que les Péruviens eussent rendu à leurs tyrans, ils avaient trop laissé voir leurs immenses richesses pour obtenir des ménagements de leur part.

Un peuple entier, soumis et demandant grâce, fut passé au fil de l'épée. Tous les droits de l'humanité violés laissèrent les Espagnols les maîtres absolus des trésors d'une des plus belles parties du monde. *Mécaniques victoires* (s'écrie Montaigne[2] en se rappelant le vil[3] objet de ces conquêtes) *jamais l'ambition* (ajoute-t-il), *jamais les inimitiés[4] publiques ne poussèrent les hommes les uns contre les autres à si horribles hostilités ou calamités si misérables.*

C'est ainsi que les Péruviens furent les tristes victimes d'un peuple avare qui ne leur témoigna d'abord que de la bonne foi et même de l'amitié. L'ignorance de nos vices et la naïveté de leurs mœurs les jetèrent dans les bras de leurs lâches ennemis. En vain des espaces infinis avaient séparé les villes du Soleil de notre monde, elles en devinrent la proie et le domaine le plus précieux.

Quel spectacle pour les Espagnols, que les jardins du temple du Soleil, où les arbres, les fruits et les fleurs

42

---

1. *Offrandes* : dons.
2. Tome V, chapitre VI, « Des coches ». (NdA) [Dans les *Essais* de Montaigne.]
3. *Vil* : bas, méprisable.
4. *Inimitiés* : animosités, haines.

étaient d'or, travaillés avec un art inconnu en Europe !
Les murs du temple revêtus du même métal, un nombre
infini de statues couvertes de pierres précieuses, et quantité d'autres richesses inconnues jusqu'alors éblouirent
les conquérants de ce peuple infortuné. En donnant un
libre cours à leurs cruautés, ils oublièrent que les
Péruviens étaient des hommes.

Une analyse aussi courte des mœurs de ces peuples
malheureux que celle qu'on vient de faire de leurs infortunes, terminera l'introduction qu'on a crue nécessaire
aux *Lettres* qui vont suivre.

Ces peuples étaient en général francs et humains ;
l'attachement qu'ils avaient pour leur religion les rendait
observateurs rigides des lois qu'ils regardaient comme
l'ouvrage de *Mancocapac*, fils du Soleil qu'ils adoraient.

Quoique cet astre fût le seul Dieu auquel ils eussent
érigé des temples, ils reconnaissaient au-dessus de lui un
Dieu créateur qu'ils appelaient *Pachacamac* *, c'était pour
eux le *grand nom*. Le mot de *Pachacamac* ne se prononçait   43
que rarement, et avec des signes de l'admiration la plus
grande. Ils avaient aussi beaucoup de vénération pour la
Lune, qu'ils traitaient de femme et de sœur du Soleil. Ils
la regardaient comme la mère de toutes choses ; mais ils
croyaient, comme tous les Indiens, qu'elle causerait la
destruction du monde en se laissant tomber sur la terre
qu'elle anéantirait par sa chute. Le tonnerre, qu'ils appelaient *Yalpor* *, les éclairs et la foudre passaient parmi eux
pour les ministres de la justice du Soleil, et cette idée ne
contribua pas peu au saint respect que leur inspirèrent
les premiers Espagnols, dont ils prirent les armes à feu
pour des instruments du tonnerre.

L'opinion de l'immortalité de l'âme était établie chez
les Péruviens ; ils croyaient, comme la plus grande partie
des Indiens, que l'âme allait dans des lieux inconnus
pour y être récompensée ou punie selon son mérite.

L'or et tout ce qu'ils avaient de plus précieux composaient les offrandes qu'ils faisaient au Soleil. Le *Raymi* *

était la principale fête de ce Dieu, auquel on présentait dans une coupe du *maïs**, espèce de liqueur forte que les Péruviens savaient extraire d'une de leurs plantes, et dont ils buvaient jusqu'à l'ivresse après les sacrifices.

Il y avait cent portes dans le temple superbe du Soleil. L'Inca régnant, qu'on appelait le *Capa-Inca**, avait seul le droit de les faire ouvrir ; c'était à lui seul aussi qu'appartenait le droit de pénétrer dans l'intérieur de ce temple.

Les Vierges consacrées au Soleil y étaient élevées presque en naissant, et y gardaient une perpétuelle virginité, sous la conduite de leurs *Mamas**, ou gouvernantes, à moins que les lois ne les destinassent à épouser des Incas, qui devaient toujours s'unir à leurs sœurs, ou à leur défaut à la première princesse du sang qui était Vierge du Soleil. Une des principales occupations de ces Vierges était de travailler aux diadèmes des Incas, dont une espèce de frange faisait toute la richesse.

Le temple était orné des différentes idoles des peuples qu'avaient soumis les Incas, après leur avoir fait accepter le culte du Soleil. La richesse des métaux et des pierres précieuses dont il était embelli le rendait d'une magnificence et d'un éclat dignes du Dieu qu'on y servait.

L'obéissance et le respect des Péruviens pour leurs rois étaient fondés sur l'opinion qu'ils avaient que le Soleil était le père de ces rois. Mais l'attachement et l'amour qu'ils avaient pour eux étaient le fruit de leurs propres vertus, et de l'équité[1] des Incas.

On élevait la jeunesse avec tous les soins[2] qu'exigeait l'heureuse simplicité de leur morale. La subordination[3] n'effrayait point les esprits parce qu'on en montrait la nécessité de très bonne heure, et que la tyrannie et l'orgueil n'y avaient aucune part. La modestie et les égards

44

---

1. *Équité* : droiture.
2. *Soins* : attention, sollicitude.
3. *Subordination* : assujettissement.

mutuels étaient les premiers fondements de l'éducation des enfants; attentifs à corriger leurs premiers défauts, ceux qui étaient chargés de les instruire arrêtaient les progrès d'une passion naissante[1], ou les faisaient tourner au bien de la société. Il est des vertus qui en supposent beaucoup d'autres. Pour donner une idée de celles des Péruviens, il suffit de dire qu'avant la descente des Espagnols, il passait pour constant qu'un Péruvien n'avait jamais menti.

Les *Amautas**, philosophes de cette nation, enseignaient à la jeunesse les découvertes qu'on avait faites dans les sciences. La nation était encore dans l'enfance à cet égard, mais elle était dans la force de son bonheur.

Les Péruviens avaient moins de lumières, moins de connaissances, moins d'arts que nous, et cependant ils en avaient assez pour ne manquer d'aucune chose nécessaire. Les *quapas* ou les *quipos*[2]* leur tenaient lieu de notre art d'écrire. Des cordons de coton ou de boyau, auxquels d'autres cordons de différentes couleurs étaient attachés, leur rappelaient, par des nœuds placés de distance en distance, les choses dont ils voulaient se ressouvenir. Ils leur servaient d'annales, de codes, de rituels, de cérémonies, etc. Ils avaient des officiers publics, appelés *Quipocamaios**, à la garde desquels les *quipos* étaient confiés. Les finances, les comptes, les tributs, toutes les affaires, toutes les combinaisons étaient aussi aisément traités avec les *quipos* qu'ils auraient pu l'être par l'usage de l'écriture.

Le sage législateur du Pérou, *Mancocapac*, avait rendu sacrée la culture des terres; elle s'y faisait en commun, et les jours de ce travail étaient des jours de réjouissance. Des canaux d'une étendue prodigieuse distribuaient partout la fraîcheur et la fertilité. Mais ce qui peut à peine se

45

---

1. Voyez les cérémonies et coutumes religieuses, *Dissertations sur les peuples de l'Amérique*, chapitre XIII. (NdA)
2. Les *quipos* du Pérou étaient aussi en usage parmi plusieurs peuples de l'Amérique méridionale. (NdA)

concevoir, c'est que sans aucun instrument de fer ni d'acier, et à force de bras seulement, les Péruviens avaient pu renverser des rochers, traverser les montagnes les plus hautes pour conduire leurs superbes aqueducs, ou les routes qu'ils pratiquaient dans tout leur pays.

On savait au Pérou autant de géométrie qu'il en fallait pour la mesure et le partage des terres. La médecine y était une science ignorée, quoiqu'on y eût l'usage de quelques secrets pour certains accidents particuliers. *Garcilasso*[1] dit qu'ils avaient une sorte de musique, et même quelque genre de poésie. Leurs poètes, qu'ils appelaient *Hasavec**, composaient des espèces de tragédies et des comédies, que les fils des *Caciques*[2]* ou des *Curacas*[3] représentaient pendant les fêtes devant les Incas et toute la cour.

La morale et la science des lois utiles au bien de la société étaient donc les seules choses que les Péruviens eussent apprises avec quelque succès. «Il faut avouer (dit un historien)[4], qu'ils ont fait de si grandes choses, et établi une si bonne police, qu'il se trouvera peu de nations qui puissent se vanter de l'avoir emporté sur eux en ce point.»

46

---

1. *Garcilasso* [*sic*] : Garcilaso de la Vega (1539-1616), dit « l'Inca », né à Cuzco, fils d'un conquistador espagnol et d'une princesse inca, est l'auteur d'une vaste histoire de l'Empire inca, racontée à travers deux ouvrages : *Les Commentaires royaux traitant de l'origine des Incas* (1609-1616) et *Histoire générale du Pérou* (1616). La première œuvre, traduite en français sous le titre *Histoire des Incas* (1633), rencontra un énorme succès aux XVIIe et XVIIIe siècles.

2. *Caciques,* espèce de gouverneurs de province. (NdA)

3. Souverains d'une petite contrée ; ils ne se présentaient jamais devant les Incas et les reines sans leur offrir un tribut des curiosités que produisait la province où ils commandaient. (NdA)

4. Puffendorf [*sic*], *Introd. à l'Histoire.* (NdA) [Samuel von Pufendorf (1632-1694), philosophe et historien allemand, est notamment l'auteur d'une *Introduction à l'histoire des principaux États de l'Europe*, rédigée en allemand en 1682 et traduite en français en 1724.]

Lettre I

Aza! mon cher Aza! Les cris de ta tendre Zilia, tels qu'une vapeur du matin, s'exhalent et sont dissipés avant d'arriver jusqu'à toi; en vain je t'appelle à mon secours; en vain j'attends que tu viennes briser les chaînes de mon esclavage : hélas! peut-être les malheurs que j'ignore sont-ils les plus affreux! peut-être tes maux surpassent-ils les miens!

La ville du Soleil, livrée à la fureur d'une nation barbare, devrait faire couler mes larmes; et ma douleur, mes craintes, mon désespoir ne sont que pour toi.

Qu'as-tu fait dans ce tumulte affreux, chère âme de ma vie? Ton courage t'a-t-il été funeste ou inutile? Cruelle alternative! mortelle inquiétude! Ô mon cher Aza! Que tes jours soient sauvés, et que je succombe, s'il le faut, sous les maux qui m'accablent!

Depuis le moment terrible (qui aurait dû être arraché de la chaîne du temps et replongé dans les idées éternelles), depuis le moment d'horreur où ces sauvages impies[1] m'ont enlevée au culte du Soleil, à moi-même, à ton amour, retenue dans une étroite captivité, privée de toute communication avec nos citoyens, ignorant la langue de ces hommes féroces dont je porte les fers, je

---

1. *Impies* : sacrilèges, sans religion.

n'éprouve que les effets du malheur sans pouvoir en découvrir la cause. Plongée dans un abîme d'obscurité, mes jours sont semblables aux nuits les plus effrayantes.

Loin d'être touchés de mes plaintes, mes ravisseurs ne le sont pas même de mes larmes; sourds à mon langage, ils n'entendent pas mieux les cris de mon désespoir.

Quel est le peuple assez féroce pour n'être point ému aux signes de la douleur? Quel désert aride a vu naître des humains insensibles à la voix de la nature gémissante? Les barbares maîtres d'*Yalpor*[1]*, fiers de la puissance d'exterminer! La cruauté est le seul guide de leurs actions. Aza! comment échapperas-tu à leur fureur? où es-tu? que fais-tu? Si ma vie t'est chère, instruis-moi de ta destinée.

Hélas! que la mienne est changée! comment se peut-il que des jours si semblables entre eux aient par rapport à nous de si funestes différences? Le temps s'écoule, les ténèbres succèdent à la lumière, aucun dérangement ne s'aperçoit dans la nature; et moi, du suprême bonheur je suis tombée dans l'horreur du désespoir, sans qu'aucun intervalle m'ait préparée à cet affreux passage.

Tu le sais, ô délices de mon cœur! ce jour horrible, ce jour à jamais épouvantable devait éclairer le triomphe de notre union. À peine commençait-il à paraître, qu'impatiente d'exécuter un projet que ma tendresse m'avait inspiré pendant la nuit, je courus à mes *quipos*[2]*, et, profitant du silence qui régnait encore dans le temple, je me hâtai de les nouer, dans l'espérance qu'avec leur secours je rendrais immortelle l'histoire de notre amour et de notre bonheur.

---

1. Nom du tonnerre. (NdA)
2. Un grand nombre de petits cordons de différentes couleurs dont les Indiens se servaient au défaut de l'écriture pour faire le paiement des troupes et le dénombrement du peuple. Quelques auteurs prétendent qu'ils s'en servaient aussi pour transmettre à la postérité les actions mémorables de leurs Incas. (NdA)

À mesure que je travaillais, l'entreprise me paraissait moins difficile ; de moment en moment cet amas innombrable de cordons devenait sous mes doigts une peinture fidèle de nos actions et de nos sentiments, comme il était autrefois l'interprète de nos pensées, pendant les longs intervalles que nous passions sans nous voir.

Tout entière à mon occupation, j'oubliais le temps, lorsqu'un bruit confus réveilla mes esprits et fit tressaillir mon cœur.

Je crus que le moment heureux était arrivé, et que les cent portes[1] s'ouvraient pour laisser un libre passage au Soleil de mes jours ; je cachai précipitamment mes *quipos* sous un pan de ma robe, et je courus au-devant de tes pas.

Mais quel horrible spectacle s'offrit à mes yeux ! Jamais son souvenir affreux ne s'effacera de ma mémoire.

Les pavés du temple ensanglantés, l'image du Soleil foulée aux pieds, des soldats furieux[2] poursuivant nos Vierges éperdues et massacrant tout ce qui s'opposait à leur passage ; nos *Mamas*[3]* expirantes sous leurs coups, et dont les habits brûlaient encore du feu de leur tonnerre ; les gémissements de l'épouvante, les cris de la fureur répandant de toutes parts l'horreur et l'effroi, m'ôtèrent jusqu'au sentiment.

Revenue à moi-même, je me trouvai, par un mouvement naturel et presque involontaire, rangée derrière l'autel, que je tenais embrassé. Là, immobile de saisissement, je voyais passer ces barbares ; la crainte d'être aperçue arrêtait jusqu'à ma respiration.

Cependant je remarquai qu'ils ralentissaient les effets de leur cruauté à la vue des ornements précieux répandus dans le temple ; qu'ils se saisissaient de ceux dont

49

---

1. Dans le temple du Soleil il y avait cent portes ; l'*Inca* seul avait le pouvoir de les faire ouvrir. (NdA)

2. *Furieux* : véhéments, impétueux, violents.

3. Espèce de gouvernantes des Vierges du Soleil. (NdA)

l'éclat les frappait davantage ; et qu'ils arrachaient jusqu'aux lames d'or dont les murs étaient revêtus. Je jugeai
que le larcin[1] était le motif de leur barbarie, et que, ne
m'y opposant point, je pourrais échapper à leurs coups.
Je formai le dessein de sortir du temple, de me faire
conduire à ton palais, de demander au *Capa-Inca*[2]* du
secours et un asile pour mes compagnes et pour moi ;
mais, aux premiers mouvements que je fis pour m'éloigner, je me sentis arrêter : ô mon cher Aza, j'en frémis
encore ! ces impies osèrent porter leurs mains sacrilèges
sur la fille du Soleil.

Arrachée de la demeure sacrée, traînée ignominieusement[3] hors du temple, j'ai vu pour la première fois le
seuil de la porte céleste que je ne devais passer qu'avec
les ornements de la royauté[4] ; au lieu des fleurs que l'on
aurait semées sur mes pas, j'ai vu les chemins couverts de
sang et de mourants ; au lieu des honneurs du trône que
je devais partager avec toi, esclave de la tyrannie, enfermée dans une obscure prison, la place que j'occupe dans
l'univers est bornée à l'étendue de mon être. Une natte
baignée de mes pleurs reçoit mon corps fatigué par les
tourments de mon âme ; mais, cher soutien de ma vie,
que tant de maux me seront légers, si j'apprends que tu
respires !

Au milieu de cet horrible bouleversement, je ne sais
par quel heureux hasard j'ai conservé mes *quipos*. Je les
possède, mon cher Aza ! C'est aujourd'hui le seul trésor
de mon cœur, puisqu'il servira d'interprète à ton amour
comme au mien ; les mêmes nœuds qui t'apprendront
mon existence, en changeant de forme entre tes mains,
m'instruiront de ton sort. Hélas ! par quelle voie pourrai-

---

1. *Larcin* : vol.
2. Nom générique des Incas régnants. (NdA)
3. *Ignominieusement* : de façon outrageante.
4. Les Vierges consacrées au Soleil entraient dans le temple presque
en naissant, et n'en sortaient que le jour de leur mariage. (NdA)

je les faire passer jusqu'à toi ? Par quelle adresse pourront-ils m'être rendus ? Je l'ignore encore ; mais le même sentiment qui nous fit inventer leur usage nous suggérera les moyens de tromper nos tyrans. Quel que soit le *Chaqui*[1]* fidèle qui te portera ce précieux dépôt, je ne cesserai d'envier son bonheur. Il te verra, mon cher Aza ; je donnerais tous les jours que le Soleil me destine pour jouir un seul moment de ta présence. Il te verra, mon cher Aza ! Le son de ta voix frappera son âme de respect et de crainte. Il porterait dans la mienne la joie et le bonheur. Il te verra certain de ta vie, il la bénira en ta présence, tandis qu'abandonnée à l'incertitude, l'impatience de son retour desséchera mon sang dans mes veines. Ô mon cher Aza ! Tous les tourments des âmes tendres sont rassemblés dans mon cœur : un moment de ta vue les dissiperait ; je donnerais ma vie pour en jouir.

Lettre II

51

Que l'arbre de la vertu, mon cher Aza, répande à jamais son ombre sur la famille du pieux citoyen qui a reçu sous ma fenêtre le mystérieux tissu de mes pensées, et qui l'a remis dans tes mains ! Que *Pachacamac*[2]* prolonge ses années en récompense de son adresse à faire passer jusqu'à moi les plaisirs divins avec ta réponse !

Les trésors de l'Amour me sont ouverts ; j'y puise une joie délicieuse dont mon âme s'enivre. En dénouant les secrets de ton cœur, le mien se baigne dans une mer parfumée. Tu vis, et les chaînes qui devaient nous unir ne sont pas rompues ! Tant de bonheur était l'objet de mes désirs, et non celui de mes espérances.

---

1. Messager. (NdA)
2. Le Dieu créateur, plus puissant que le Soleil. (NdA)

Dans l'abandon de moi-même, je ne craignais que pour tes jours; ils sont en sûreté, je ne vois plus le malheur. Tu m'aimes, le plaisir anéanti renaît dans mon cœur. Je goûte avec transport la délicieuse confiance de plaire à ce que j'aime; mais elle ne me fait point oublier que je te dois tout ce que tu daignes approuver en moi. Ainsi que la rose tire sa brillante couleur des rayons du Soleil, de même les charmes que tu trouves dans mon esprit et dans mes sentiments ne sont que les bienfaits de ton génie lumineux; rien n'est à moi que ma tendresse.

Si tu étais un homme ordinaire, je serais restée dans l'ignorance à laquelle mon sexe est condamné; mais ton âme, supérieure aux coutumes, ne les a regardées que comme des abus; tu en as franchi les barrières pour m'élever jusqu'à toi. Tu n'as pu souffrir[1] qu'un être semblable au tien fût borné à l'humiliant avantage de donner la vie à ta postérité. Tu as voulu que nos divins *Amautas*[2] ornassent mon entendement[3] de leurs sublimes connaissances. Mais, ô lumière de ma vie, sans le désir de te plaire, aurais-je pu me résoudre à abandonner ma tranquille ignorance pour la pénible occupation de l'étude? Sans le désir de mériter ton estime, ta confiance, ton respect, par des vertus qui fortifient l'amour, et que l'amour rend voluptueuses, je ne serais que l'objet de tes yeux; l'absence m'aurait déjà effacée de ton souvenir.

Hélas! si tu m'aimes encore, pourquoi suis-je dans l'esclavage? En jetant mes regards sur les murs de ma prison, ma joie disparaît, l'horreur me saisit, et mes craintes se renouvellent. On ne t'a point ravi la liberté, tu ne viens pas à mon secours! Tu es instruit de mon sort, il n'est pas changé! Non, mon cher Aza, ces peuples féroces, que tu nommes Espagnols, ne te laissent pas aussi libre que tu

52

---

1. *Souffrir* : ici, supporter.
2. Philosophes indiens. (NdA)
3. *Entendement* : esprit.

crois l'être. Je vois autant de signes d'esclavage dans les honneurs qu'ils te rendent que dans la captivité où ils me retiennent.

Ta bonté te séduit[1]; tu crois sincères les promesses que ces barbares te font faire par leur interprète, parce que tes paroles sont inviolables; mais moi qui n'entends pas[2] leur langage, moi qu'ils ne trouvent pas digne d'être trompée, je vois leurs actions.

Tes sujets les prennent pour des Dieux, ils se rangent de leur parti : ô mon cher Aza! malheur au peuple que la crainte détermine! Sauve-toi de cette erreur, défie-toi de la fausse bonté de ces étrangers. Abandonne ton empire, puisque *Viracocha* * en a prédit la destruction. Achète ta vie et ta liberté au prix de ta puissance, de ta grandeur, de tes trésors : il ne te restera que les dons de la nature. Nos jours seront en sûreté.

Riches de la possession de nos cœurs, grands par nos vertus, puissants par notre modération, nous irons dans une cabane jouir du ciel, de la terre et de notre tendresse. Tu seras plus roi en régnant sur mon âme qu'en doutant de l'affection d'un peuple innombrable : ma soumission à tes volontés te fera jouir sans tyrannie du beau droit de commander. En t'obéissant je ferai retentir ton empire de mes chants d'allégresse; ton diadème[3] sera toujours l'ouvrage de mes mains; tu ne perdras de ta royauté que les soins et les fatigues.

Combien de fois, chère âme de ma vie, tu t'es plaint des devoirs de ton rang! Combien les cérémonies dont tes visites étaient accompagnées t'ont-elles fait envier le sort de tes sujets! Tu n'aurais voulu vivre que pour moi, craindrais-tu à présent de perdre tant de contraintes? Ne suis-je plus cette Zilia que tu aurais préférée à ton

53

---

1. *Te séduit* : te trompe, te maintient dans l'illusion.

2. *Moi qui n'entends pas* : moi qui ne comprends pas.

3. Le diadème des Incas était une espèce de frange : c'était l'ouvrage des Vierges du Soleil. (NdA)

empire? Non, je ne puis le croire, mon cœur n'est point changé, pourquoi le tien le serait-il?

J'aime, je vois toujours le même Aza qui régna dans mon âme au premier moment de sa vue; je me rappelle ce jour fortuné où ton père, mon souverain seigneur, te fit partager pour la première fois le pouvoir, réservé à lui seul, d'entrer dans l'intérieur du temple[1]; je me représente le spectacle agréable de nos Vierges rassemblées, dont la beauté recevait un nouveau lustre[2] par l'ordre charmant dans lequel elles étaient rangées, telles que dans un jardin les plus brillantes fleurs tirent un nouvel éclat de la symétrie de leurs compartiments.

Tu parus au milieu de nous comme un Soleil levant dont la tendre lumière prépare la sérénité d'un beau jour; le feu de tes yeux répandait sur nos joues le coloris de la modestie[3]; un embarras ingénu tenait nos regards captifs; une joie brillante éclatait dans les tiens; tu n'avais jamais rencontré tant de beautés ensemble. Nous n'avions jamais vu que le *Capa-Inca** : l'étonnement et le silence régnaient de toutes parts. Je ne sais quelles étaient les pensées de mes compagnes; mais de quels sentiments mon cœur ne fut-il point assailli! Pour la première fois j'éprouvai du trouble, de l'inquiétude, et cependant du plaisir. Confuse des agitations de mon âme, j'allais me dérober à ta vue; mais tu tournas tes pas vers moi, le respect me retint.

Ô mon cher Aza, le souvenir de ce premier moment de mon bonheur me sera toujours cher! Le son de ta voix, ainsi que le chant mélodieux de nos hymnes, porta dans mes veines le doux frémissement et le saint respect que nous inspire la présence de la Divinité.

---

1. L'Inca régnant avait seul le droit d'entrer dans le temple du Soleil. (NdA)
2. *Lustre*: éclat.
3. *Modestie*: ici, pudeur.

Tremblante, interdite, la timidité m'avait ravi jusqu'à l'usage de la voix ; enhardie enfin par la douceur de tes paroles, j'osai élever mes regards jusqu'à toi, je rencontrai les tiens. Non, la mort même n'effacera pas de ma mémoire les tendres mouvements de nos âmes qui se rencontrèrent et se confondirent dans un instant.

Si nous pouvions douter de notre origine, mon cher Aza, ce trait de lumière confondrait notre incertitude. Quel autre que le principe du feu aurait pu nous transmettre cette vive intelligence des cœurs, communiquée, répandue, et sentie avec une rapidité inexplicable ?

J'étais trop ignorante sur les effets de l'amour pour ne pas m'y tromper. L'imagination remplie de la sublime théologie[1] de nos *Cusipatas*[2]*, je pris le feu qui m'animait pour une agitation divine, je crus que le Soleil me manifestait sa volonté par ton organe, qu'il me choisissait pour son épouse d'élite[3] : j'en soupirai : mais, après ton départ, j'examinai mon cœur, et je n'y trouvai que ton image.

Quel changement, mon cher Aza, ta présence avait fait sur moi ! Tous les objets me parurent nouveaux ; je crus voir mes compagnes pour la première fois. Qu'elles me parurent belles ! Je ne pus soutenir leur présence. Retirée à l'écart, je me livrais au trouble de mon âme, lorsqu'une d'entre elles vint me tirer de ma rêverie en me donnant de nouveaux sujets de m'y livrer. Elle m'apprit qu'étant ta plus proche parente, j'étais destinée à être ton épouse dès que mon âge permettrait cette union.

J'ignorais les lois de ton empire[4] ; mais, depuis que je t'avais vu, mon cœur était trop éclairé pour ne pas saisir

55

---

1. *Théologie* : doctrine, enseignement religieux.

2. Prêtres du Soleil. (NdA)

3. Il y avait une Vierge choisie pour le Soleil, qui ne devait jamais être mariée. (NdA)

4. Les lois des Indiens obligeaient les Incas [à] épouser leurs sœurs et, quand ils n'en avaient point, [à] prendre pour femme la première princesse du sang des Incas, qui était Vierge du Soleil. (NdA)

l'idée du bonheur d'être à toi. Cependant, loin d'en connaître toute l'étendue, accoutumée au nom sacré d'épouse du Soleil, je bornais mon espérance à te voir tous les jours, à t'adorer, à t'offrir des vœux comme à lui.

C'est toi, mon cher Aza, c'est toi qui dans la suite comblas mon âme de délices en m'apprenant que l'auguste[1] rang de ton épouse m'associerait à ton cœur, à ton trône, à ta gloire, à tes vertus; que je jouirais sans cesse de ces entretiens si rares et si courts au gré de nos désirs, de ces entretiens qui ornaient mon esprit des perfections de ton âme, et qui ajoutaient à mon bonheur la délicieuse espérance de faire un jour le tien.

Ô mon cher Aza! Combien ton impatience contre mon extrême jeunesse, qui retardait notre union, était flatteuse pour mon cœur! combien les deux années qui se sont écoulées t'ont paru longues, et cependant que leur durée a été courte! Hélas, le moment fortuné était arrivé. Quelle fatalité l'a rendu si funeste? quel Dieu poursuit ainsi l'innocence et la vertu? Ou quelle puissance infernale nous a séparés de nous-mêmes? L'horreur me saisit, mon cœur se déchire, mes larmes inondent mon ouvrage. Aza! Mon cher Aza!...

Lettre III

C'est toi, chère lumière de mes jours, c'est toi qui me rappelles à la vie. Voudrais-je la conserver, si je n'étais assurée que la mort aurait moissonné d'un seul coup tes jours et les miens? Je touchais au moment où l'étincelle du feu divin dont le Soleil anime notre être allait s'éteindre : la nature laborieuse se préparait déjà à donner une autre forme à la portion de matière qui lui appartient en moi; je mourais : tu perdais pour jamais la

---

1. *Auguste* : noble.

moitié de toi-même, lorsque mon amour m'a rendu la
vie, et je t'en fais un sacrifice. Mais comment pourrais-je
t'instruire des choses surprenantes qui me sont arrivées?
Comment me rappeler des idées déjà confuses au
moment où je les ai reçues, et que le temps qui s'est
écoulé depuis rend encore moins intelligibles?

À peine, mon cher Aza, avais-je confié à notre fidèle
Chaqui * le dernier tissu de mes pensées[1], que j'entendis
un grand mouvement dans notre habitation : vers le
milieu de la nuit, deux de mes ravisseurs vinrent m'enle-
ver de ma sombre retraite avec autant de violence qu'ils
en avaient employé à m'arracher du temple du Soleil.

Je ne sais par quel chemin on me conduisit; on ne
marchait que la nuit, et le jour on s'arrêtait dans des
déserts arides, sans chercher aucune retraite. Bientôt,
succombant à la fatigue, on me fit porter par je ne sais
quel *Hamas**, dont le mouvement me fatiguait presque
autant que si j'eusse marché moi-même. Enfin, arrivés
apparemment où l'on voulait aller, une nuit ces barbares
me portèrent sur leurs bras dans une maison dont les
approches, malgré l'obscurité, me parurent extrêmement difficiles. Je fus placée dans un lieu plus étroit et
plus incommode que n'avait jamais été ma première prison. Mais, mon cher Aza, pourrais-je te persuader[2] ce
que je ne comprends pas moi-même, si tu n'étais assuré
que le mensonge n'a jamais souillé les lèvres d'un enfant
du Soleil[3]! Cette maison, que j'ai jugée être fort grande,
par la quantité de monde qu'elle contenait; cette maison, comme suspendue, et ne tenant point à la terre,
était dans un balancement continuel.

Il faudrait, ô lumière de mon esprit, que *Ticaiviracocha** eût comblé mon âme, comme la tienne, de sa

57

---

1. *Le dernier tissu de mes pensées* : périphrase désignant les *quipos*.

2. *Persuader* : ici, faire admettre, faire comprendre.

3. Il passait pour constant qu'un Péruvien n'avait jamais menti.
(NdA)

divine science pour pouvoir comprendre ce prodige. Toute la connaissance que j'en ai, est que cette demeure n'a pas été construite par un être ami des hommes ; car, quelques moments après que j'y fus entrée, son mouvement continuel, joint à une odeur malfaisante, me causa un mal si violent, que je suis étonnée de n'y avoir pas succombé : ce n'était que le commencement de mes peines.

Un temps assez long s'était écoulé, je ne souffrais presque plus, lorsqu'un matin je fus arrachée au sommeil par un bruit plus affreux que celui d'*Yalpa** : notre habitation en recevait des ébranlements tels que la terre en éprouvera lorsque la lune, en tombant, réduira l'univers en poussière[1]. Des cris, qui se joignirent à ce fracas, le rendaient encore plus épouvantable ; mes sens, saisis d'une horreur secrète, ne portaient à mon âme que l'idée de la destruction de la nature entière. Je croyais le péril universel ; je tremblais pour tes jours : ma frayeur s'accrut enfin jusqu'au dernier excès à la vue d'une troupe d'hommes en fureur, le visage et les habits ensanglantés, qui se jetèrent en tumulte dans ma chambre. Je ne soutins pas cet horrible spectacle ; la force et la connaissance m'abandonnèrent[2] : j'ignore encore la suite de ce terrible événement. Revenue à moi-même, je me trouvai dans un lit assez propre, entourée de plusieurs sauvages qui n'étaient plus les cruels Espagnols, mais qui ne m'étaient pas moins inconnus.

Peux-tu te représenter ma surprise en me trouvant dans une demeure nouvelle, parmi des hommes nouveaux, sans pouvoir comprendre comment ce changement avait pu se faire ? Je refermai promptement les yeux, afin que, plus recueillie en moi-même, je pusse m'assurer si je vivais, ou si mon âme n'avait point aban-

1. Les Indiens croyaient que la fin du monde arriverait par la lune, qui se laisserait tomber sur la terre. (NdA)
2. *La connaissance m'abandonn[a]* : je perdis connaissance.

donné mon corps pour passer dans les régions inconnues[1].

Te l'avouerai-je, chère idole[2] de mon cœur ! Fatiguée
d'une vie odieuse, rebutée de souffrir des tourments de
toute espèce, accablée sous le poids de mon horrible destinée, je regardai avec indifférence la fin de ma vie que je
sentais approcher : je refusai constamment tous les
secours que l'on m'offrait ; en peu de jours je touchai au
terme fatal, et j'y touchai sans regret.

L'épuisement des forces anéantit le sentiment ; déjà
mon imagination affaiblie ne recevait plus d'images que
comme un léger dessin tracé par une main tremblante ;
déjà les objets qui m'avaient le plus affectée n'excitaient
en moi que cette sensation vague, que nous éprouvons
en nous laissant aller à une rêverie indéterminée ; je
n'étais presque plus. Cet état, mon cher Aza, n'est pas si
fâcheux que l'on croit : de loin il nous effraie, parce que
nous y pensons de toutes nos forces ; quand il est arrivé,
affaiblis par les gradations des douleurs qui nous y
conduisent, le moment décisif ne paraît que celui du
repos. Cependant j'éprouvai que le penchant naturel qui
nous porte durant la vie à pénétrer dans l'avenir, et
même dans celui qui ne sera plus pour nous, semble
reprendre de nouvelles forces au moment de la perdre.
On cesse de vivre pour soi ; on veut savoir comment on
vivra dans ce qu'on aime. Ce fut dans un de ces délires de
mon âme que je me crus transportée dans l'intérieur de
ton palais ; j'y arrivais dans le moment où l'on venait de
t'apprendre ma mort. Mon imagination me peignit si
vivement ce qui devait se passer, que la vérité même n'aurait pas eu plus de pouvoir : je te vis, mon cher Aza, pâle,
défiguré, privé de sentiment, tel qu'un lys desséché par la

59

---

1. Les Indiens croyaient qu'après la mort l'âme allait dans des
lieux inconnus pour y être récompensée ou punie selon son
mérite. (NdA)
2. *Idole* : personne qui est l'objet d'une affection excessive.

brûlante ardeur du Midi. L'amour est-il donc quelquefois barbare ? Je jouissais de ta douleur, je l'excitais par de tristes adieux ; je trouvais de la douceur, peut-être du plaisir à répandre sur tes jours le poison des regrets ; et ce même amour qui me rendait féroce déchirait mon cœur par l'horreur de tes peines. Enfin, réveillée comme d'un profond sommeil, pénétrée de ta propre douleur, tremblante pour ta vie, je demandai des secours, je revis la lumière.

Te reverrai-je, toi, cher arbitre de mon existence ? Hélas ! qui pourra m'en assurer ? Je ne sais plus où je suis ; peut-être est-ce loin de toi. Mais, dussions-nous être séparés par les espaces immenses qu'habitent les enfants du Soleil, le nuage léger de mes pensées volera sans cesse autour de toi.

Lettre IV

Quel que soit l'amour de la vie, mon cher Aza, les peines le diminuent, le désespoir l'éteint. Le mépris que la nature semble faire de notre être, en l'abandonnant à la douleur, nous révolte d'abord ; ensuite l'impossibilité de nous en délivrer nous prouve une insuffisance si humiliante, qu'elle nous conduit jusqu'au dégoût de nous-mêmes.

Je ne vis plus en moi ni pour moi ; chaque instant où je respire est un sacrifice que je fais à ton amour, et de jour en jour il devient plus pénible ; si le temps apporte quelque soulagement à la violence du mal qui me dévore, il redouble les souffrances de mon esprit. Loin d'éclaircir mon sort, il semble le rendre encore plus obscur. Tout ce qui m'environne m'est inconnu, tout m'est nouveau, tout intéresse ma curiosité, et rien ne peut la satisfaire. En vain j'emploie mon attention et mes efforts pour entendre, ou pour être entendue ; l'un et l'autre me

sont également impossibles. Fatiguée de tant de peines
inutiles, je crus en tarir la source, en dérobant à mes yeux
20 l'impression qu'ils recevaient des objets : je m'obstinai
quelque temps à les tenir fermés ; efforts infructueux ! les
ténèbres volontaires auxquelles je m'étais condamnée ne
soulageaient que ma modestie, toujours blessée de la vue
de ces hommes dont les services et les secours sont autant
25 de supplices ; mais mon âme n'en était pas moins agitée.
Renfermée en moi-même, mes inquiétudes n'en étaient
que plus vives, et le désir de les exprimer plus violent.
L'impossibilité de me faire entendre répand encore
jusque sur mes organes un tourment non moins insup-
30 portable que des douleurs qui auraient une réalité plus
apparente. Que cette situation est cruelle !

Hélas ! je croyais déjà entendre quelques mots des
sauvages espagnols ; j'y trouvais des rapports avec notre
auguste langage ; je me flattais qu'en peu de temps je
35 pourrais m'expliquer avec eux. Loin de trouver le même
avantage avec mes nouveaux tyrans, ils s'expriment avec   61
tant de rapidité, que je ne distingue pas même les
inflexions de leur voix. Tout me fait juger qu'ils ne sont
pas de la même nation ; et à la différence de leurs
40 manières et de leur caractère apparent on devine sans
peine que *Pachacamac* * leur a distribué dans une grande
disproportion les éléments dont il a formé les humains.
L'air grave et farouche des premiers fait voir qu'ils sont
composés de la matière des plus durs métaux : ceux-ci
45 semblent s'être échappés des mains du Créateur au
moment où il n'avait encore assemblé pour leur forma-
tion que l'air et le feu. Les yeux fiers, la mine sombre et
tranquille de ceux-là, montraient assez qu'ils étaient
cruels de sang-froid ; l'inhumanité de leurs actions ne l'a
50 que trop prouvé. Le visage riant de ceux-ci, la douceur de
leur regard, un certain empressement répandu sur leurs
actions, et qui paraît être de la bienveillance, prévient en
leur faveur ; mais je remarque des contradictions dans
leur conduite qui suspendent mon jugement.

Deux de ces sauvages ne quittent presque pas le che- 55
vet de mon lit : l'un, que j'ai jugé être le *Cacique*[1]* à son
air de grandeur, me rend, je crois, à sa façon, beaucoup
de respect ; l'autre me donne une partie des secours
qu'exige ma maladie ; mais sa bonté est dure, ses secours
sont cruels, et sa familiarité impérieuse [2]. 60

Dès le premier moment où, revenue de ma faiblesse,
je me trouvai en leur puissance, celui-ci, car je l'ai bien
remarqué, plus hardi que les autres, voulut prendre ma
main, que je retirai avec une confusion inexprimable ; il
parut surpris de ma résistance, et, sans aucun égard pour 65
la modestie, il la reprit à l'instant : faible, mourante, et ne
prononçant que des paroles qui n'étaient point entendues, pouvais-je l'en empêcher ? Il la garda, mon cher
Aza, tout autant qu'il voulut, et depuis ce temps il faut
que je la lui donne moi-même plusieurs fois par jour, si je 70
veux éviter des débats qui tournent toujours à mon désavantage.

62 Cette espèce de cérémonie[3] me paraît une supersti-
tion de ces peuples : j'ai cru remarquer que l'on y trouvait
des rapports avec mon mal ; mais il faut apparemment 75
être de leur nation pour en sentir les effets, car je n'en
éprouve que très peu : je souffre toujours d'un feu intérieur qui me consume ; à peine me reste-t-il assez de force
pour nouer mes *quipos**. J'emploie à cette occasion autant
de temps que ma faiblesse peut me le permettre : ces 80
nœuds, qui frappent mes sens, semblent donner plus de
réalité à mes pensées ; la sorte de ressemblance que je
m'imagine qu'ils ont avec les paroles me fait une illusion
qui trompe ma douleur : je crois te parler, te dire que je
t'aime, t'assurer de mes vœux, de ma tendresse ; cette 85
douce erreur est mon bien et ma vie. Si l'excès d'accablement m'oblige d'interrompre mon ouvrage, je gémis

---

1. *Cacique* est une espèce de gouverneur de province. (NdA)

2. *Impérieuse* : tyrannique.

3. Les Indiens n'avaient aucune connaissance de la médecine. (NdA)

de ton absence ; ainsi, tout entière à ma tendresse, il n'y a pas un de mes moments qui ne t'appartienne.

90 Hélas ! quel autre usage pourrais-je en faire ? Ô mon cher Aza ! Quand tu ne serais pas le maître de mon âme, quand les chaînes de l'amour ne m'attacheraient pas insé-parablement à toi, plongée dans un abîme d'obscurité, pourrais-je détourner mes pensées de la lumière de ma 95 vie ? Tu es le Soleil de mes jours, tu les éclaires, tu les pro-longes ; ils sont à toi. Tu me chéris, je consens à vivre. Que feras-tu pour moi ? Tu m'aimeras : je suis récompensée.

Lettre V

Que j'ai souffert, mon cher Aza, depuis les derniers nœuds que je t'ai consacrés ! La privation de mes *quipos* * manquait au comble de mes peines. Dès que mes offi-cieux persécuteurs se sont aperçus que ce travail aug- **63** 5 mentait mon accablement, ils m'en ont ôté l'usage.

On m'a enfin rendu le trésor de ma tendresse ; mais je l'ai acheté par bien des larmes. Il ne me reste que cette expression de mes sentiments ; il ne me reste que la triste consolation de te peindre mes douleurs : pouvais-je la 10 perdre sans désespoir ?

Mon étrange destinée m'a ravi jusqu'à la douceur que trouvent les malheureux de parler de leurs peines : on croit être plaint quand on est écouté, une partie de notre chagrin passe sur le visage de ceux qui nous écou-15 tent ; quel qu'en soit le motif, il semble nous soulager. Je ne puis me faire entendre, et la gaieté m'environne.

Je ne puis même jouir paisiblement de la nouvelle espèce de désert où me réduit l'impuissance de commu-niquer mes pensées. Entourée d'objets importuns[1], leurs

---

1. *Importuns* : gênants.

regards attentifs troublent la solitude de mon âme, 20
contraignent les attitudes de mon corps, et portent la
gêne jusque dans mes pensées : il m'arrive souvent d'oublier cette heureuse liberté que la nature nous a donnée
de rendre nos sentiments impénétrables, et je crains
quelquefois que ces sauvages curieux ne devinent les 25
réflexions désavantageuses que m'inspire la bizarrerie de
leur conduite, je me fais une étude [1] gênante d'arranger
mes pensées, comme s'ils pouvaient les pénétrer malgré
moi.

Un moment détruit l'opinion qu'un autre moment 30
m'avait donnée de leur caractère et de leur façon de penser à mon égard.

Sans compter un nombre infini de petites contradictions, ils me refusent, mon cher Aza, jusqu'aux aliments
nécessaires au soutien de la vie, jusqu'à la liberté de choi- 35
sir la place où je veux être ; ils me retiennent par une
espèce de violence dans ce lit qui m'est devenu insupportable : je dois donc croire qu'ils me regardent comme
leur esclave, et que leur pouvoir est tyrannique.

D'un autre côté, si je réfléchis sur l'envie extrême 40
qu'ils témoignent de conserver mes jours, sur le respect
dont ils accompagnent les services qu'ils me rendent, je
suis tentée de penser qu'ils me prennent pour un être
d'une espèce supérieure à l'humanité.

Aucun d'eux ne paraît devant moi sans courber son 45
corps plus ou moins, comme nous avons coutume de
faire en adorant le soleil. Le *Cacique*** semble vouloir imiter le cérémonial des Incas au jour du *Raymi*[2]*. Il se met
sur ses genoux fort près de mon lit, il reste un temps
considérable dans cette posture gênante : tantôt il garde 50
le silence, et, les yeux baissés, il semble rêver profondément : je vois sur son visage cet embarras respectueux

64

---

1. *Je me fais une étude* : j'apporte un soin, une application.
2. Le *Raymi*, principale fête du Soleil : l'Inca et les prêtres l'adoraient à genoux. (NdA)

que nous inspire *le grand Nom*[1] prononcé à haute voix.
S'il trouve l'occasion de saisir ma main, il y porte sa
bouche avec la même vénération que nous avons pour le
sacré diadème[2]. Quelquefois il prononce un grand
nombre de mots qui ne ressemblent point au langage
ordinaire de sa nation. Le son en est plus doux, plus dis-
tinct, plus mesuré ; il y joint cet air touché qui précède les
larmes, ces soupirs qui annoncent les besoins de l'âme,
ces accents qui sont presque des plaintes ; enfin tout ce
qui accompagne le désir d'obtenir des grâces. Hélas !
mon cher Aza, s'il me connaissait bien, s'il n'était pas
dans quelque erreur sur mon être, quelle prière aurait-il
à me faire ?

Cette nation ne serait-elle point idolâtre[3] ? Je ne lui ai
vu encore faire aucune adoration au Soleil ; peut-être
prennent-ils les femmes pour l'objet de leur culte. Avant
que le grand *Mancocapac*[4]* eût apporté sur la terre les
volontés du Soleil, nos ancêtres divinisaient tout ce qui
les frappait de crainte ou de plaisir : peut-être ces sauvages n'éprouvent-ils ces deux sentiments que pour les
femmes.

Mais, s'ils m'adoraient, ajouteraient-ils à mes malheurs l'affreuse contrainte où ils me retiennent ? Non, ils
chercheraient à me plaire, ils obéiraient aux signes de
mes volontés ; je serais libre, je sortirais de cette odieuse
demeure ; j'irais chercher le maître de mon âme ; un seul
de ses regards effacerait le souvenir de tant d'infortunes.

65

---

1. Le grand Nom était *Pachacamac,* on ne le prononçait que rarement, et avec beaucoup de signes d'adoration. (NdA)
2. On baisait le diadème de *Mancocapac,* comme nous baisons les
reliques de nos saints. (NdA)
3. *Idolâtre* : qui rend un culte divin aux idoles.
4. Premier législateur des Indiens. Voyez l'*Histoire des Incas.* (NdA)
[Voir note 1, p. 46, et l'«introduction historique», p. 44.]

Lettre VI

Quelle horrible surprise, mon cher Aza! Que nos malheurs sont augmentés! Que nous sommes à plaindre! Nos maux sont sans remède : il ne me reste qu'à te l'apprendre et à mourir.

On m'a enfin permis de me lever, j'ai profité avec empressement de cette liberté; je me suis traînée à une petite fenêtre qui depuis longtemps était l'objet de mes désirs curieux; je l'ai ouverte avec précipitation. Qu'ai-je vu, cher amour de ma vie! Je ne trouverai point d'expressions pour te peindre l'excès de mon étonnement, et le mortel désespoir qui m'a saisie en ne découvrant autour de moi que ce terrible élément dont la vue seule fait frémir.

Mon premier coup d'œil ne m'a que trop éclairée sur le mouvement incommode de notre demeure. Je suis dans une de ces maisons flottantes dont les Espagnols se sont servis pour atteindre jusqu'à nos malheureuses contrées, et dont on ne m'avait fait qu'une description très imparfaite.

Conçois-tu, cher Aza, quelles idées funestes sont entrées dans mon âme avec cette affreuse connaissance? Je suis certaine que l'on m'éloigne de toi; je ne respire plus le même air, je n'habite plus le même élément : tu ignoreras toujours où je suis, si je t'aime, si j'existe; la destruction de mon être ne paraîtra pas même un événement assez considérable pour être porté jusqu'à toi. Cher arbitre de mes jours, de quel prix te peut être désormais ma vie infortunée? Souffre que je rende à la Divinité un bienfait insupportable dont je ne veux plus jouir; je ne te verrai plus, je ne veux plus vivre.

Je perds ce que j'aime, l'univers est anéanti pour moi; il n'est plus qu'un vaste désert que je remplis des cris de mon amour; entends-les, cher objet de ma tendresse; sois-en touché; permets que je meure...

35   Quelle erreur me séduit! Non, mon cher Aza, ce n'est pas toi qui m'ordonnes de vivre, c'est la timide nature qui, en frémissant d'horreur, emprunte ta voix plus puissante que la sienne pour retarder une fin toujours redoutable pour elle; mais, c'en est fait, le moyen le
40 plus prompt me délivrera de ses regrets…

Que la mer abîme à jamais dans ses flots ma tendresse malheureuse, ma vie et mon désespoir.

Reçois, trop malheureux Aza, reçois les derniers sentiments de mon cœur : il n'a reçu que ton image, il ne
45 voulait vivre que pour toi, il meurt rempli de ton amour. Je t'aime, je le pense, je le sens encore, je le dis pour la dernière fois…

Lettre VII

Aza, tu n'as pas tout perdu; tu règnes encore sur un cœur; je respire. La vigilance de mes surveillants a rompu mon funeste dessein, il ne me reste que la honte d'en avoir tenté l'exécution. Je ne t'apprendrai point les
5 circonstances d'un projet aussitôt détruit que formé. Oserais-je jamais lever les yeux jusqu'à toi, si tu avais été témoin de mon emportement?

Ma raison, anéantie par le désespoir, ne m'était plus d'aucun secours; ma vie ne me paraissait d'aucun prix,
10 j'avais oublié ton amour.

Que le sang-froid est cruel après la fureur! Que les points de vue sont différents sur les mêmes objets! Dans l'horreur du désespoir on prend la férocité pour du courage, et la crainte des souffrances pour de la fermeté.
15 Qu'un mot, un regard, une surprise nous rappelle à nous-mêmes, nous ne trouvons que de la faiblesse pour principe de notre héroïsme, pour fruit que le repentir[1], et que le mépris pour récompense.

---

1. *Repentir* : regret, remords.

La connaissance de ma faute en est la plus sévère punition. Abandonnée à l'amertume des remords, ensevelie sous le voile de la honte, je me tiens à l'écart; je crains que mon corps n'occupe trop de place : je voudrais le dérober à la lumière; mes pleurs coulent en abondance, ma douleur est calme, nul son ne l'exhale; mais je suis tout à elle. Puis-je trop expier mon crime? Il était contre toi.

En vain depuis deux jours ces sauvages bienfaisants voudraient me faire partager la joie qui les transporte. Je ne fais qu'en soupçonner la cause; mais, quand elle me serait plus connue, je ne me trouverais pas digne de me mêler à leurs fêtes. Leurs danses, leurs cris de joie, une liqueur rouge semblable au *maïs*[1]*, dont ils boivent abondamment, leur empressement à contempler le soleil par tous les endroits d'où ils peuvent l'apercevoir, ne me laisseraient pas douter que cette réjouissance ne se fît en l'honneur de l'astre divin, si la conduite du *Cacique* * était conforme à celle des autres.

68

Mais, loin de prendre part à la joie publique, depuis la faute que j'ai commise, il n'en prend qu'à ma douleur. Son zèle est plus respectueux, ses soins plus assidus, son attention plus pénétrante.

Il a deviné que la présence continuelle des sauvages de sa suite ajoutait la contrainte à mon affliction[2], il m'a délivré de leurs regards importuns : je n'ai presque plus que les siens à supporter.

Le croirais-tu, mon cher Aza? Il y a des moments où je trouve de la douceur dans ces entretiens muets; le feu de ses yeux me rappelle l'image de celui que j'ai vu dans les tiens; j'y trouve des rapports qui séduisent mon cœur.

---

1. Le *maïs* est une plante dont les Indiens font une boisson forte et salutaire ; ils en présentent au Soleil les jours de ses fêtes, et ils en boivent jusqu'à l'ivresse après le sacrifice. Voyez l'*Hist. des Incas*, t. 2, p. 151. (NdA) [Voir note 1, p. 46.]
2. *Affliction* : tristesse.

50 Hélas! que cette illusion est passagère, et que les regrets qui la suivent sont durables! Ils ne finiront qu'avec ma vie, puisque je ne vis que pour toi.

Lettre VIII

Quand un seul objet réunit toutes nos pensées, mon cher Aza, les événements ne nous intéressent que par les rapports que nous y trouvons avec lui. Si tu n'étais le seul mobile de mon âme, aurais-je passé, comme je viens de 5 faire, de l'horreur du désespoir à l'espérance la plus douce? Le *Cacique** avait déjà essayé plusieurs fois inutilement de me faire approcher de cette fenêtre, que je ne regarde plus sans frémir. Enfin, pressée par de nouvelles instances, je me suis laissé conduire. Ah! mon cher Aza, 10 que j'ai été bien récompensée de ma complaisance!

Par un prodige incompréhensible, en me faisant regarder à travers une espèce de canne percée, il m'a fait voir la terre dans un éloignement où, sans le secours de cette merveilleuse machine, mes yeux n'auraient pu 15 atteindre.

En même temps il m'a fait entendre par des signes qui commencent à me devenir familiers que nous allons à cette terre, et que sa vue était l'unique objet des réjouissances que j'ai prises pour un sacrifice au Soleil.

20 J'ai senti d'abord tout l'avantage de cette découverte; l'espérance, comme un trait de lumière, a porté sa clarté jusqu'au fond de mon cœur.

Il est certain que l'on me conduit à cette terre que l'on m'a fait voir; il est évident qu'elle est une portion 25 de ton empire, puisque le Soleil y répand ses rayons bienfaisants [1]. Je ne suis plus dans les fers des cruels

69

---

1. Les Indiens ne connaissaient pas notre hémisphère et croyaient que le Soleil n'éclairait que la terre de ses enfants. (NdA)

Espagnols. Qui pourrait donc m'empêcher de rentrer sous tes lois?

Oui, cher Aza, je vais me réunir à ce que j'aime. Mon amour, ma raison, mes désirs, tout m'en assure. Je vole dans tes bras, un torrent de joie se répand dans mon âme, le passé s'évanouit, mes malheurs sont finis, ils sont oubliés, l'avenir seul m'occupe, c'est mon unique bien.

Aza, mon cher espoir, je ne t'ai pas perdu, je verrai ton visage, tes habits, ton ombre; je t'aimerai, je te le dirai à toi-même : est-il des tourments qu'un tel bonheur n'efface?

Lettre IX

Que les jours sont longs quand on les compte, mon cher Aza! Le temps ainsi que l'espace n'est connu que par ses limites. Nos idées et notre vue se perdent également par la constante uniformité de l'un et de l'autre. Si les objets marquent les bornes de l'espace, il me semble que nos espérances marquent celles du temps; et que, si elles nous abandonnent, ou qu'elles ne soient pas sensiblement marquées, nous n'apercevons pas plus la durée du temps que l'air qui remplit l'espace.

Depuis l'instant fatal de notre séparation, mon âme et mon cœur, également flétris par l'infortune, restaient ensevelis dans cet abandon total, horreur de la nature, image du néant : les jours s'écoulaient sans que j'y prisse garde; aucun espoir ne fixait mon attention sur leur longueur : à présent que l'espérance en marque tous les instants, leur durée me paraît infinie, et je goûte le plaisir, en recouvrant la tranquillité de mon esprit, de recouvrer la facilité de penser.

Depuis que mon imagination est ouverte à la joie, une foule de pensées qui s'y présentent l'occupent jusqu'à la fatiguer. Des projets de plaisir et de bonheur s'y

succèdent alternativement; les idées nouvelles y sont
reçues avec facilité, celles mêmes dont je ne m'étais point
aperçue s'y retracent sans les chercher.

25 Depuis deux jours, j'entends plusieurs mots de la
langue du *Cacique* *, que je ne croyais pas savoir. Ce ne
sont encore que les noms des objets : ils n'expriment
point mes pensées et ne me font point entendre celles
des autres; cependant ils me fournissent déjà quelques
30 éclaircissements qui m'étaient nécessaires.

Je sais que le nom du *Cacique* * est *Déterville,* celui de
notre maison flottante *vaisseau,* et celui de la terre où
nous allons *France.*

Ce dernier m'a d'abord effrayée : je ne me souviens
35 pas d'avoir entendu nommer ainsi aucune contrée de
ton royaume; mais, faisant réflexion au nombre infini de
celles qui le composent, dont les noms me sont échappés, ce mouvement de crainte s'est bientôt évanoui.
Pouvait-il subsister longtemps avec la solide confiance
40 que me donne sans cesse la vue du Soleil? Non, mon
cher Aza, cet astre divin n'éclaire que ses enfants; le seul
doute me rendrait criminelle. Je vais rentrer sous ton
empire, je touche au moment de te voir, je cours à mon
bonheur.

45 Au milieu des transports de ma joie, la reconnaissance me prépare un plaisir délicieux : tu combleras
d'honneurs et de richesses le *Cacique*[1] bienfaisant qui
nous rendra l'un à l'autre; il portera dans sa province le
souvenir de Zilia; la récompense de sa vertu le rendra
50 plus vertueux encore, et son bonheur fera ta gloire.

Rien ne peut se comparer, mon cher Aza, aux bontés
qu'il a pour moi : loin de me traiter en esclave, il semble
être le mien; j'éprouve à présent autant de complai-
sances de sa part que j'en éprouvais de contradictions
55 durant ma maladie : occupé de moi, de mes inquiétudes,

71

---

1. Les *Caciques* étaient des gouverneurs de provinces tributaires
des Incas. (NdA)

de mes amusements, il paraît n'avoir plus d'autres soins. Je les reçois avec un peu moins d'embarras depuis qu'éclairée par l'habitude et par la réflexion, je vois que j'étais dans l'erreur sur l'idolâtrie[1] dont je le soupçonnais.

Ce n'est pas qu'il ne répète souvent à peu près les mêmes démonstrations que je prenais pour un culte; mais le ton, l'air et la forme qu'il y emploie me persuadent que ce n'est qu'un jeu à l'usage de sa nation.

Il commence par me faire prononcer distinctement des mots de sa langue. Dès que j'ai répété après lui *oui, je vous aime*, ou bien *je vous promets d'être à vous*, la joie se répand sur son visage, il me baise les mains avec transport, et avec un air de gaîté tout contraire au sérieux qui accompagne le culte divin.

Tranquille sur sa religion, je ne le suis pas entièrement sur le pays d'où il tire son origine. Son langage et ses habillements sont si différents des nôtres, que souvent ma confiance en est ébranlée. De fâcheuses réflexions couvrent quelquefois de nuages ma plus chère espérance : je passe successivement de la crainte à la joie, et de la joie à l'inquiétude.

Fatiguée de la confusion de mes idées, rebutée des incertitudes qui me déchirent, j'avais résolu de ne plus penser; mais comment ralentir le mouvement d'une âme privée de toute communication, qui n'agit que sur elle-même, et que de si grands intérêts excitent à réfléchir? Je ne le puis, mon cher Aza, je cherche des lumières avec une agitation qui me dévore, et je me trouve sans cesse dans la plus profonde obscurité. Je savais que la privation d'un sens peut tromper à quelques égards, et je vois avec surprise que l'usage des miens m'entraîne d'erreurs en erreurs. L'intelligence des langues serait-elle celle de l'âme? Ô cher Aza! Que mes malheurs me font entrevoir de fâcheuses vérités! mais que ces tristes pensées s'éloi-

1. *Idolâtrie* : passion.

gnent de moi ; nous touchons à la terre. La lumière de
mes jours dissipera en un moment les ténèbres qui m'en-
vironnent.

Lettre **X**

Je suis enfin arrivée à cette terre, l'objet de mes
désirs, mon cher Aza ; mais je n'y vois encore rien qui
m'annonce le bonheur que je m'en étais promis : tout ce
qui s'offre à mes yeux me frappe, me surprend,
5 m'étonne, et ne me laisse qu'une impression vague,
une perplexité stupide[1], dont je ne cherche pas même à
me délivrer. Mes erreurs répriment mes jugements ;
je demeure incertaine, je doute presque de ce que je
vois.
10 À peine étions-nous sortis de la maison flottante, que
nous sommes entrés dans une ville bâtie sur le rivage de
la mer. Le peuple, qui nous suivait en foule, me paraît
être de la même nation que le *Cacique* * ; mais les maisons
n'ont aucune ressemblance avec celles de la ville du
15 Soleil : si celles-là les surpassent en beauté par la richesse
de leurs ornements, celles-ci sont fort au-dessus par les
prodiges dont elles sont remplies.
En entrant dans la chambre où Déterville m'a logée,
mon cœur a tressailli ; j'ai vu dans l'enfoncement une
20 jeune personne habillée comme une Vierge du Soleil ;
j'ai couru à elle les bras ouverts. Quelle surprise, mon
cher Aza, quelle surprise extrême, de ne trouver qu'une
résistance impénétrable où je voyais une figure humaine
se mouvoir dans un espace fort étendu !
25 L'étonnement me tenait immobile, les yeux attachés
sur cette ombre, quand Déterville m'a fait remarquer sa
propre figure à côté de celle qui occupait toute mon

73

---

1. *Stupide* : hébétée, frappée de stupeur.

attention : je le touchais, je lui parlais, et je le voyais en même temps fort près et fort loin de moi.

Ces prodiges troublent la raison, ils offusquent[1] le jugement; que faut-il penser des habitants de ce pays? Faut-il les craindre? faut-il les aimer? Je me garderai bien de rien déterminer là-dessus.

Le *Cacique* m'a fait comprendre que la figure que je voyais était la mienne; mais de quoi cela m'instruit-il? Le prodige en est-il moins grand? Suis-je moins mortifiée[2] de ne me trouver dans mon esprit que des erreurs ou des ignorances? Je le vois avec douleur, mon cher Aza : les moins habiles de cette contrée sont plus savants que tous nos *Amautas**.

Déterville m'a donné une *China*[3]* jeune et fort vive; c'est une grande douceur pour moi que celle de revoir des femmes et d'en être servie : plusieurs autres s'empressent à me rendre des soins, et j'aimerais autant qu'elles ne le fissent pas; leur présence réveille mes craintes. À la façon dont elles me regardent, je vois bien qu'elles n'ont point été à *Cuzco*[4]*. Cependant je ne puis encore juger de rien; mon esprit flotte toujours dans une mer d'incertitudes; mon cœur seul, inébranlable, ne désire, n'espère, et n'attend qu'un bonheur sans lequel tout ne peut être que peines.

Lettre XI

Quoique j'aie pris tous les soins qui sont en mon pouvoir pour acquérir quelques lumières sur mon sort, mon

---

1. *Offusquent* : choquent.

2. *Mortifiée* : blessée, humiliée.

3. Servante ou femme de chambre. (NdA)

4. Capitale du Pérou. (NdA) [Capitale de l'Empire inca ; la capitale du Pérou est aujourd'hui Lima.]

cher Aza, je n'en suis pas mieux instruite que je l'étais il
y a trois jours. Tout ce que j'ai pu remarquer, c'est que les
sauvages de cette contrée paraissent aussi bons, aussi
humains que le *Cacique**; ils chantent et dansent comme
s'ils avaient tous les jours des terres à cultiver[1]. Si je m'en
rapportais à l'opposition de leurs usages à ceux de notre
nation, je n'aurais plus d'espoir; mais je me souviens que
ton auguste père a soumis à son obéissance des provinces
fort éloignées, et dont les peuples n'avaient pas plus de
rapport avec les nôtres : pourquoi celle-ci n'en serait-elle
pas une? Le Soleil paraît se plaire à l'éclairer; il est plus
beau, plus pur que je ne l'ai jamais vu, et j'aime à me
livrer à la confiance qu'il m'inspire : il ne me reste d'inquiétude que sur la longueur du temps qu'il faudra passer avant de pouvoir m'éclaircir tout à fait sur nos
intérêts; car, mon cher Aza, je n'en puis plus douter, le
seul usage de la langue du pays pourra m'apprendre la
vérité et finir mes inquiétudes.

Je ne laisse échapper aucune occasion de m'en instruire; je profite de tous les moments où Déterville me
laisse en liberté pour prendre des leçons de ma *China**;
c'est une faible ressource; ne pouvant lui faire entendre
mes pensées, je ne puis former aucun raisonnement avec
elle. Les signes du *Cacique* me sont quelquefois plus
utiles. L'habitude nous en a fait une espèce de langage,
qui nous sert au moins à exprimer nos volontés. Il me
mena hier dans une maison où, sans cette intelligence, je
me serais fort mal conduite.

Nous entrâmes dans une chambre plus grande et
plus ornée que celle que j'habite; beaucoup de monde y
était assemblé. L'étonnement général que l'on témoigna
à ma vue me déplut; les ris[2] excessifs que plusieurs
jeunes filles s'efforçaient d'étouffer et qui recommen-

---

1. Les terres se cultivaient en commun au Pérou, et les jours de ce
travail étaient des jours de réjouissances. (NdA)
2. *Ris* : rires.

çaient lorsqu'elles levaient les yeux sur moi, excitèrent dans mon cœur un sentiment si fâcheux, que je l'aurais pris pour de la honte, si je me fusse sentie coupable de quelque faute. Mais, ne me trouvant qu'une grande répugnance à demeurer avec elles, j'allais retourner sur mes pas, quand un signe de Déterville me retint. 40

Je compris que je commettrais une faute si je sortais, et je me gardai bien de rien faire qui méritât le blâme que l'on me donnait sans sujet ; je restai donc, et, portant toute mon attention sur ces femmes, je crus démêler que 45 la singularité de mes habits causait seule la surprise des unes et les ris offensants des autres : j'eus pitié de leur faiblesse ; je ne pensai plus qu'à leur persuader par ma contenance[1] que mon âme ne différait pas tant de la leur que mes habillements de leurs parures. 50

Un homme que j'aurais pris pour un *Curacas*[2]* s'il n'eût été vêtu de noir, vint me prendre par la main d'un air affable[3], et me conduisit auprès d'une femme qu'à son air fier je pris pour la *Pallas*[4]* de la contrée. Il lui dit plusieurs paroles que je sais pour les avoir entendu pro- 55 noncer mille fois à Déterville : *Qu'elle est belle ! Les beaux yeux !...* Un autre homme lui répondit : *Des grâces, une taille de nymphe !...* Hors les femmes, qui ne dirent rien, tous répétèrent à peu près les mêmes mots : je ne sais pas encore leur signification ; mais ils expriment sûrement 60 des idées agréables, car en les prononçant le visage est toujours riant.

Le *Cacique* paraissait extrêmement satisfait de ce que l'on disait ; il se tint toujours à côté de moi ; ou, s'il s'en éloignait pour parler à quelqu'un, ses yeux ne me per- 65 daient pas de vue, et ses signes m'avertissaient de ce que

76

---

1. *Contenance* : manière de se comporter, attitude, maintien.
2. Les *Curacas* étaient de petits souverains d'une contrée ; ils avaient le privilège de porter le même habit que les Incas. (NdA)
3. *Affable* : bienveillant, aimable.
4. Nom générique des princesses. (NdA)

je devais faire : de mon côté, j'étais fort attentive à l'observer, pour ne point blesser les usages d'une nation si peu instruite des nôtres.

70 Je ne sais, mon cher Aza, si je pourrai te faire comprendre combien les manières de ces sauvages m'ont paru extraordinaires.

Ils ont une vivacité si impatiente que, les paroles ne leur suffisant pas pour s'exprimer, ils parlent autant par 75 le mouvement de leur corps que par le son de leur voix. Ce que j'ai vu de leur agitation continuelle m'a pleinement persuadée du peu d'importance des démonstrations du *Cacique*, qui m'ont tant causé d'embarras, et sur lesquelles j'ai fait tant de fausses conjectures[1].

80 Il baisa hier les mains de la *Pallas* et celles de toutes les autres femmes ; il les baisa même au visage, ce que je n'avais pas encore vu, les hommes venaient l'embrasser ; les uns le prenaient par une main, les autres le tiraient par son habit, et tout cela avec une promptitude dont 85 nous n'avons point d'idée.

77

À juger de leur esprit par la vivacité de leurs gestes, je suis sûre que nos expressions mesurées, que les sublimes comparaisons qui expriment si naturellement nos tendres sentiments et nos pensées affectueuses, leur 90 paraîtraient insipides[2] ; ils prendraient notre air sérieux et modeste pour de la stupidité, et la gravité de notre démarche pour un engourdissement. Le croirais-tu, mon cher Aza ? malgré leurs imperfections, si tu étais ici, je me plairais avec eux. Un certain air d'affabilité répandu sur 95 tout ce qu'ils font les rend aimables ; et si mon âme était plus heureuse, je trouverais du plaisir dans la diversité des objets qui se présentent successivement à mes yeux ; mais le peu de rapport qu'ils ont avec toi efface les agréments de leur nouveauté ; toi seul fais tout mon bien et 100 mes plaisirs.

---

1. *Conjectures* : hypothèses.
2. *Insipides* : fades, ennuyeuses.

Lettre XII

J'ai passé bien du temps, mon cher Aza, sans pouvoir donner un moment à ma plus chère occupation ; j'ai cependant un grand nombre de choses extraordinaires à t'apprendre ; je profite d'un peu de loisir pour essayer de t'en instruire.   5

Le lendemain de ma visite chez la *Pallas**, Déterville me fit apporter un fort bel habillement à l'usage du pays. Après que ma petite *China** l'eut arrangé sur moi à sa fantaisie, elle me fit approcher de cette ingénieuse machine qui double les objets : quoique je dusse être accoutumée   10 à ses effets, je ne pus encore me garantir de la surprise en me voyant comme si j'étais vis-à-vis de moi-même.

Mon nouvel ajustement ne me déplut pas ; peut-être je regretterais davantage celui que je quitte, s'il ne m'avait fait regarder partout avec une attention incom-   15 mode[1].

Le *Cacique** entra dans ma chambre au moment que la jeune fille ajoutait encore plusieurs bagatelles à ma parure ; il s'arrêta à l'entrée de la porte, et nous regarda longtemps sans parler : sa rêverie était si profonde, qu'il   20 se détourna pour laisser sortir la *China*, et se remit à sa place sans s'en apercevoir. Les yeux attachés sur moi, il parcourait toute ma personne avec une attention sérieuse, dont j'étais embarrassée sans en savoir la raison.

Cependant, afin de lui marquer ma reconnaissance   25 pour ses nouveaux bienfaits, je lui tendis la main ; et, ne pouvant exprimer mes sentiments, je crus ne pouvoir lui rien dire de plus agréable que quelques-uns des mots qu'il se plaît à me faire répéter ; je tâchai même d'y mettre le ton qu'il y donne.   30

Je ne sais quel effet ils firent dans ce moment-là sur lui, mais ses yeux s'animèrent, son visage s'enflamma, il

---

1. *Incommode* : ici, fâcheuse, importune.

vint à moi d'un air agité, il parut vouloir me prendre
dans ses bras ; puis, s'arrêtant tout à coup, il me serra for-
35 tement la main en prononçant d'une voix émue : *Non…
le respect… sa vertu…*, et plusieurs autres mots que je n'entends pas mieux, et puis il courut se jeter sur son siège à
l'autre côté de la chambre, où il demeura la tête appuyée
dans ses mains avec tous les signes d'une profonde dou-
40 leur.

   Je fus alarmée de son état, ne doutant pas que je ne
lui eusse causé quelque peine ; je m'approchai de lui
pour lui en témoigner mon repentir ; mais il me repoussa
doucement sans me regarder, et je n'osai plus lui rien
45 dire : j'étais dans le plus grand embarras, quand les
domestiques entrèrent pour nous apporter à manger ; il
se leva, nous mangeâmes ensemble à la manière accoutumée, sans qu'il parût d'autre suite à sa douleur qu'un
peu de tristesse ; mais il n'en avait ni moins de bonté, ni
50 moins de douceur ; tout cela me paraît inconcevable.

   Je n'osais lever les yeux sur lui, ni me servir des signes
qui ordinairement nous tenaient lieu d'entretien :
cependant nous mangions dans un temps si différent de
l'heure ordinaire des repas, que je ne pus m'empêcher
55 de lui en témoigner ma surprise. Tout ce que je compris
à sa réponse, fut que nous allions changer de demeure.
En effet, le *Cacique*, après être sorti et rentré plusieurs
fois, vint me prendre par la main ; je me laissai conduire,
en rêvant toujours à ce qui s'était passé, et en cherchant
60 à démêler si le changement de lieu n'en était pas une
suite.

   À peine eûmes-nous passé la dernière porte de la
maison, qu'il m'aida à monter un pas assez haut, et je me
trouvai dans une petite chambre où l'on ne peut se tenir
65 debout sans incommodité, où il n'y a pas assez d'espace
pour marcher, mais où nous fûmes assis fort à l'aise, le
Cacique, la *China* et moi. Ce petit endroit est agréablement meublé, une fenêtre de chaque côté l'éclaire suffisamment.

79

Tandis que je le considérais avec surprise, et que je
tâchais de deviner pourquoi Déterville nous enfermait si
étroitement, ô mon cher Aza! que les prodiges sont familiers dans ce pays! je sentis cette machine ou cabane, je
ne sais comment la nommer, je la sentis se mouvoir et
changer de place. Ce mouvement me fit penser à la maison flottante : la frayeur me saisit; le *Cacique*, attentif à
mes moindres inquiétudes, me rassura en me faisant voir
par une des fenêtres que cette machine, suspendue assez
près de la terre, se mouvait par un secret que je ne com-
prenais pas.

Déterville me fit aussi voir que plusieurs *Hamas*[1]*,
d'une espèce qui nous est inconnue, marchaient devant
nous et nous traînaient après eux. Il faut, ô lumière de mes
jours! un génie plus qu'humain pour inventer des choses
si utiles et si singulières; mais il faut aussi qu'il y ait dans
cette nation quelques grands défauts qui modèrent sa puissance, puisqu'elle n'est pas la maîtresse du monde entier.

Il y a quatre jours qu'enfermés dans cette merveilleuse machine, nous n'en sortons que la nuit pour
prendre du repos dans la première habitation qui se rencontre, et je n'en sors jamais sans regret. Je te l'avoue,
mon cher Aza, malgré mes tendres inquiétudes, j'ai
goûté pendant ce voyage des plaisirs qui m'étaient inconnus. Renfermée dans le temple dès ma plus grande
enfance, je ne connaissais pas les beautés de l'univers;
quel bien j'avais perdu!

Il faut, ô l'ami de mon cœur! que la nature ait placé
dans ses ouvrages un attrait inconnu que l'art le plus
adroit ne peut imiter. Ce que j'ai vu des prodiges inven-
tés par les hommes ne m'a point causé le ravissement que
j'éprouve dans l'admiration de l'univers. Les campagnes
immenses, qui se changent et se renouvellent sans cesse à
mes regards, emportent mon âme avec autant de rapidité
que nous les traversons.

---

1. Nom générique des bêtes. (NdA)

Les yeux parcourent, embrassent, et se reposent tout à la fois sur une infinité d'objets aussi variés qu'agréables. On croit ne trouver de bornes à sa vue que celles du monde entier. Cette erreur nous flatte ; elle nous donne une idée satisfaisante de notre propre grandeur, et semble nous rapprocher du créateur de tant de merveilles.

À la fin d'un beau jour, le ciel présente des images dont la pompe[1] et la magnificence surpassent de beaucoup celles de la terre.

D'un côté, des nuées transparentes assemblées autour du soleil couchant, offrent à nos yeux des montagnes d'ombres et de lumière, dont le majestueux désordre attire notre admiration jusqu'à l'oubli de nousmêmes ; de l'autre, un astre moins brillant s'élève, reçoit et répand une lumière moins vive sur les objets, qui, perdant leur activité par l'absence du Soleil, ne frappent plus nos sens que d'une manière douce, paisible, et parfaitement harmonique avec[2] le silence qui règne sur la terre. Alors, revenant à nous-mêmes, un calme délicieux pénètre dans notre âme, nous jouissons de l'univers comme le possédant seuls ; nous n'y voyons rien qui ne nous appartienne : une sérénité douce nous conduit à des réflexions agréables ; et si quelques regrets viennent les troubler, ils ne naissent que de la nécessité de s'arracher à cette douce rêverie pour nous renfermer dans les folles prisons que les hommes se sont faites, et que toute leur industrie[3] ne pourra jamais rendre que méprisables, en les comparant aux ouvrages de la nature.

Le *Cacique* a eu la complaisance de me faire sortir tous les jours de la cabane roulante pour me laisser contempler à loisir ce qu'il me voyait admirer avec tant de satisfaction.

81

---

1. *Pompe* : éclat.
2. *Harmonique avec* : en harmonie avec.
3. *Industrie* : habileté, dextérité, adresse.

Si les beautés du ciel et de la terre ont un attrait si puissant sur notre âme, celles des forêts, plus simples et plus touchantes, ne m'ont causé ni moins de plaisir ni moins d'étonnement.

Que les bois sont délicieux, mon cher Aza! En y entrant, un charme universel se répand sur tous les sens et confond leur usage. On croit voir la fraîcheur avant de la sentir; les différentes nuances de la couleur des feuilles adoucissent la lumière qui les pénètre, et semblent frapper le sentiment aussitôt que les yeux. Une odeur agréable, mais indéterminée, laisse à peine discerner si elle affecte le goût ou l'odorat; l'air même, sans être aperçu, porte dans tout notre être une volupté pure qui semble nous donner un sens de plus, sans pouvoir en désigner l'organe.

Ô mon cher Aza, que ta présence embellirait des plaisirs si purs! Que j'ai désiré de les partager avec toi! Témoin de mes tendres pensées, je t'aurais fait trouver dans les sentiments de mon cœur des charmes encore plus touchants que ceux des beautés de l'univers.

Lettre XIII

Me voici, mon cher Aza, dans une ville nommée Paris: c'est le terme de notre voyage; mais, selon les apparences, ce ne sera pas celui de mes chagrins.

Depuis que je suis arrivée, plus attentive que jamais sur tout ce qui se passe, mes découvertes ne produisent que du tourment et ne me présagent que des malheurs: je trouve ton idée dans le moindre de mes désirs curieux, et je ne la rencontre dans aucun des objets qui s'offrent à ma vue.

Autant que j'en puis juger par le temps que nous avons employé à traverser cette ville, et par le grand nombre d'habitants dont les rues sont remplies, elle contient plus de monde que n'en pourraient rassembler deux ou trois de nos contrées.

5   Je me rappelle les merveilles que l'on m'a racontées de *Quitu* *; je cherche à trouver ici quelques traits de la peinture que l'on m'a faite de cette grande ville : mais, hélas! quelle différence!

    Celle-ci contient des ponts, des arbres, des rivières, 20 des campagnes; elle me paraît un univers plutôt qu'une habitation particulière. J'essaierais en vain de te donner une idée juste de la hauteur des maisons; elles sont si prodigieusement élevées, qu'il est plus facile de croire que la nature les a produites telles qu'elles sont que de 25 comprendre comment des hommes ont pu les construire.

    C'est ici que la famille du *Cacique** fait sa résidence. La maison qu'elle habite est presque aussi magnifique que celle du Soleil; les meubles et quelques endroits des 30 murs sont d'or; le reste est orné d'un tissu varié des plus belles couleurs, qui représentent assez bien les beautés   83 de la nature.

    En arrivant, Déterville me fit entendre qu'il me conduisait dans la chambre de sa mère. Nous la trou- 35 vâmes à demi-couchée sur un lit à peu près de la même forme que celui des *Incas**, et de même métal[1]. Après avoir présenté sa main au *Cacique*, qui la baisa en se pros- ternant presque jusqu'à terre, elle l'embrassa, mais avec une bonté si froide, une joie si contrainte, que, si je 40 n'eusse été avertie, je n'aurais pas reconnu les sentiments de la nature dans les caresses de cette mère.

    Après s'être entretenus un moment, le *Cacique* me fit approcher; elle jeta sur moi un regard dédaigneux, et, sans répondre à ce que son fils lui disait, elle continua 45 d'entourer gravement ses doigts d'un cordon qui pen- dait à un petit morceau d'or.

---

1. Les lits, les chaises, les tables des Incas étaient d'or massif. (NdA)

Déterville nous quitta pour aller au-devant d'un grand homme de bonne mine qui avait fait quelques pas vers lui ; il l'embrassa, aussi bien qu'une autre femme qui était occupée de la même manière que la *Pallas**. 50

Dès que le *Cacique* avait paru dans cette chambre, une jeune fille à peu près de mon âge était accourue ; elle le suivait avec un empressement timide qui était remarquable. La joie éclatait sur son visage, sans en bannir un fonds de tristesse intéressant. Déterville l'embrassa la 55 dernière, mais avec une tendresse si naturelle, que mon cœur s'en émut. Hélas ! mon cher Aza, quels seraient nos transports[1], si après tant de malheurs le sort nous réunissait !

Pendant ce temps, j'étais restée auprès de la *Pallas* 60 par respect[2] ; je n'osais m'en éloigner ni lever les yeux sur elle. Quelques regards sévères qu'elle jetait de temps en temps sur moi achevaient de m'intimider, et me donnaient une contrainte qui gênait jusqu'à mes pensées.

Enfin, comme si la jeune fille eût deviné mon embar- 65 ras, après avoir quitté Déterville, elle vint me prendre par la main et me conduisit près d'une fenêtre où nous nous assîmes. Quoique je n'entendisse rien de ce qu'elle me disait, ses yeux pleins de bonté me parlaient le langage universel des cœurs bienfaisants ; ils m'inspiraient la 70 confiance et l'amitié : j'aurais voulu lui témoigner mes sentiments ; mais ne pouvant m'exprimer selon mes désirs, je prononçai tout ce que je savais de sa langue.

Elle en sourit plus d'une fois en regardant Déterville d'un air fin et doux. Je trouvais du plaisir dans cette 75 espèce d'entretien, quand la *Pallas* prononça quelques paroles assez haut en regardant la jeune fille, qui baissa les yeux, repoussa ma main qu'elle tenait dans les siennes, et ne me regarda plus.

84

---

1. *Transports* : mouvements passionnés, élans vifs.
2. Les filles, quoique du sang royal, portaient un grand respect aux femmes mariées. (NdA)

80 À quelque temps de là une vieille femme d'une physionomie farouche entra, s'approcha de la *Pallas*, vint
ensuite me prendre par le bras, me conduisit presque
malgré moi dans une chambre au plus haut de la maison,
et m'y laissa seule.

85 Quoique ce moment ne dût pas être le plus malheureux de ma vie, mon cher Aza, il n'a pas été un des moins
fâcheux. J'attendais de la fin de mon voyage quelque soulagement à mes inquiétudes ; je comptais du moins trouver dans la famille du *Cacique* les mêmes bontés qu'il
90 m'avait témoignées. Le froid accueil de la *Pallas*, le changement subit des manières de la jeune fille, la rudesse de
cette femme qui m'avait arrachée d'un lieu où j'avais
intérêt de rester, l'inattention de Déterville qui ne s'était
point opposé à l'espèce de violence qu'on m'avait faite ;
95 enfin toutes les circonstances dont une âme malheureuse sait augmenter ses peines se présentèrent à la fois
sous les plus tristes aspects. Je me croyais abandonnée de
tout le monde, je déplorais amèrement mon affreuse des-   85
tinée, quand je vis entrer ma *China**. Dans la situation où
100 j'étais, sa vue me parut un bonheur ; je courus à elle, je
l'embrassai en versant des larmes ; elle en fut touchée ;
son attendrissement me fut cher. Quand on se croit
réduit à la pitié de soi-même, celle des autres nous est
bien précieuse. Les marques d'affection de cette jeune
105 fille adoucirent ma peine : je lui contais mes chagrins,
comme si elle eût pu m'entendre ; je lui faisais mille questions, comme si elle eût pu y répondre : ses larmes parlaient à mon cœur, les miennes continuaient à couler ;
mais elles avaient moins d'amertume.

110 J'espérais encore revoir Déterville à l'heure du repas ;
mais on me servit à manger, et je ne le vis point. Depuis
que je t'ai perdu, chère idole de mon cœur, ce *Cacique* est
le seul humain qui ait eu pour moi de la bonté sans inter-
ruption ; l'habitude de le voir s'est tournée en besoin.
115 Son absence redoubla ma tristesse : après l'avoir attendu
vainement, je me couchai ; mais le sommeil n'avait point

encore tari mes larmes quand je le vis entrer dans ma chambre, suivi de la jeune personne dont le brusque dédain m'avait été si sensible.

Elle se jeta sur mon lit, et par mille caresses elle semblait vouloir réparer le mauvais traitement qu'elle m'avait fait.

Le *Cacique* s'assit à côté du lit : il paraissait avoir autant de plaisir à me revoir que j'en sentais de n'en être point abandonnée ; ils se parlaient en me regardant, et m'accablaient des plus tendres marques d'affection.

Insensiblement leur entretien devint plus sérieux. Sans entendre leurs discours, il m'était aisé de juger qu'ils étaient fondés sur la confiance et l'amitié : je me gardai bien de les interrompre ; mais, sitôt qu'ils revinrent à moi, je tâchai de tirer du *Cacique* des éclaircissements sur ce qui m'avait paru de plus extraordinaire depuis mon arrivée.

Tout ce que je pus comprendre à ses réponses, fut que la jeune fille que je voyais se nommait Céline, qu'elle était sa sœur ; que le grand homme que j'avais vu dans la chambre de la *Pallas* était son frère aîné, et l'autre jeune femme l'épouse de ce frère.

Céline me devint plus chère en apprenant qu'elle était sœur du *Cacique* ; la compagnie de l'un et de l'autre m'était si agréable, que je ne m'aperçus point qu'il était jour avant qu'ils me quittassent.

Après leur départ, j'ai passé le reste du temps destiné au repos à m'entretenir avec toi ; c'est tout mon bien, c'est toute ma joie, c'est à toi seul, chère âme de mes pensées, que je développe mon cœur, tu seras à jamais le seul dépositaire de mes secrets, de ma tendresse et de mes sentiments.

Lettre **XIV**

Si je ne continuais, mon cher Aza, à prendre sur mon sommeil le temps que je te donne, je ne jouirais plus de ces moments délicieux où je n'existe que pour toi. On m'a fait reprendre mes habits de Vierge, et l'on m'oblige de rester tout le jour dans une chambre remplie d'une foule de monde qui se change et se renouvelle à tout moment, sans presque diminuer.

Cette dissipation[1] involontaire m'arrache souvent malgré moi à mes tendres pensées; mais, si je perds pour quelques instants cette attention vive qui unit sans cesse mon âme à la tienne, je te retrouve bientôt dans les comparaisons avantageuses que je fais de toi avec tout ce qui m'environne.

Dans les différentes contrées que j'ai parcourues je n'ai point vu de sauvages si orgueilleusement familiers que ceux-ci. Les femmes surtout me paraissent avoir une bonté méprisante qui révolte l'humanité et qui m'inspirerait peut-être autant de mépris pour elles qu'elles en témoignent pour les autres, si je les connaissais mieux.

Une d'entre elles m'occasionna hier un affront, qui m'afflige encore aujourd'hui. Dans le temps que l'assemblée était la plus nombreuse, elle avait déjà parlé à plusieurs personnes sans m'apercevoir; soit que le hasard ou que quelqu'un m'ait fait remarquer, elle fit un éclat de rire en jetant les yeux sur moi, quitta précipitamment sa place, vint à moi, me fit lever, et, après m'avoir tournée et retournée autant de fois que sa vivacité le lui suggéra, après avoir touché tous les morceaux de mon habit avec une attention scrupuleuse, elle fit signe à un jeune homme de s'approcher, et recommença avec lui l'examen de ma figure.

---

1. *Dissipation* : distraction, divertissement.

Quoique je répugnasse à la liberté que l'un et l'autre se donnaient, la richesse des habits de la femme me la faisant prendre pour une *Pallas**, et la magnificence de ceux du jeune homme, tout couvert de plaques d'or, pour un *Anqui*[1]*, je n'osais m'opposer à leur volonté; mais ce sauvage téméraire, enhardi par la familiarité de la *Pallas*, et peut-être par ma retenue, ayant eu l'audace de porter la main sur ma gorge[2], je le repoussai avec une surprise et une indignation qui lui firent connaître que j'étais mieux instruite que lui des lois de l'honnêteté[3].

Au cri que je fis, Déterville accourut : il n'eut pas plus tôt dit quelques paroles au jeune sauvage, que celui-ci, s'appuyant d'une main sur son épaule, fit des ris si violents, que sa figure en était contrefaite[4].

Le *Cacique** s'en débarrassa, et lui dit, en rougissant, des mots d'un ton si froid, que la gaieté du jeune homme s'évanouit ; et, n'ayant apparemment plus rien à répondre, il s'éloigna sans répliquer, et ne revint plus.

88 Ô mon cher Aza ! Que les mœurs de ces pays me rendent respectables celles des enfants du Soleil ! Que la témérité du jeune *Anqui* rappelle chèrement à mon souvenir ton tendre respect, ta sage retenue et les charmes de l'honnêteté qui régnaient dans nos entretiens ! Je l'ai senti au premier moment de ta vue, chères délices de mon âme, et je le sentirai toute ma vie. Toi seul réunis toutes les perfections que la nature a répandues séparément sur les humains, comme elle a rassemblé dans mon cœur tous les sentiments de tendresse et d'admiration qui m'attachent à toi jusqu'à la mort.

---

1. Prince du sang : il fallait une permission de l'Inca pour porter de l'or sur les habits, et il ne le permettait qu'aux princes du sang royal. (NdA)
2. *Gorge* : poitrine.
3. *Honnêteté* : ici, bienséance, pudeur.
4. *Contrefaite* : difforme.

Lettre XV

Plus je vis avec le *Cacique** et sa sœur, mon cher Aza, plus j'ai de peine à me persuader qu'ils soient de cette nation : eux seuls connaissent et respectent la vertu.

Les manières simples, la bonté naïve, la modeste
5 gaieté de Céline feraient volontiers penser qu'elle a été élevée parmi nos Vierges. La douceur honnête, le tendre sérieux de son frère persuaderaient facilement qu'il est né du sang des *Incas**. L'un et l'autre me traitent avec autant d'humanité que nous en exercerions à leur égard
10 si des malheurs les eussent conduits parmi nous. Je ne doute même plus que le *Cacique* ne soit ton tributaire[1].

Il n'entre jamais dans ma chambre sans m'offrir un présent de quelques-unes des choses merveilleuses dont cette contrée abonde. Tantôt ce sont des morceaux de la
15 machine qui double les objets, renfermés dans de petits coffres d'une matière admirable. Une autre fois ce sont des pierres légères et d'un éclat surprenant dont on orne ici presque toutes les parties du corps; on en passe aux oreilles, on en met sur l'estomac, au cou, sur la chaus-
20 sure, et cela est très agréable à voir.

Mais ce que je trouve de plus amusant, ce sont de petits outils d'un métal fort dur et d'une commodité[2] singulière. Les uns servent à composer des ouvrages que Céline m'apprend à faire; d'autres, d'une forme tran-
25 chante, servent à diviser toutes sortes d'étoffes, dont on fait tant de morceaux que l'on veut, sans effort et d'une manière fort divertissante.

89

---

1. Les *Caciques* et les *Curacas* étaient obligés de fournir les habits et l'entretien de l'*Inca* et de la reine. Ils ne se présentaient jamais devant l'un et l'autre sans leur offrir un tribut des curiosités que produisait la province où ils commandaient. (NdA) [Est «tributaire» celui qui paie un tribut, c'est-à-dire un impôt, à un prince, à un État, sous la domination ou sous la protection duquel il est placé.]
2. *Commodité* : avantage, agrément.

J'ai une infinité d'autres raretés plus extraordinaires encore ; mais, n'étant point à notre usage, je ne trouve dans notre langue aucun terme qui puisse t'en donner l'idée.

Je te garde soigneusement tous ces dons, mon cher Aza ; outre le plaisir que j'aurai de ta surprise lorsque tu les verras, c'est qu'assurément ils sont à toi. Si le *Cacique* n'était soumis à ton obéissance, me paierait-il un tribut qu'il sait n'être dû qu'à ton rang suprême ? Les respects qu'il m'a toujours rendus m'ont fait penser que ma naissance lui était connue. Les présents dont il m'honore me persuadent sans aucun doute qu'il n'ignore pas que je dois être ton épouse, puisqu'il me traite d'avance en *Mama-Oella*[1]*.

Cette conviction me rassure et calme une partie de mes inquiétudes ; je comprends qu'il ne me manque que la liberté de m'exprimer pour savoir du *Cacique* les raisons qui l'engagent à me retenir chez lui, et pour le déterminer à me remettre en ton pouvoir : mais jusque-là j'aurai encore bien des peines à souffrir.

Il s'en faut beaucoup que l'humeur de *Madame* (c'est le nom de la mère de Déterville) ne soit aussi aimable que celle de ses enfants. Loin de me traiter avec autant de bonté, elle me marque en toutes occasions une froideur et un dédain qui me mortifient, sans que je puisse en découvrir la cause, et, par une opposition de sentiments que je comprends encore moins, elle exige que je sois continuellement avec elle.

C'est pour moi une gêne insupportable ; la contrainte règne partout où elle est : ce n'est qu'à la dérobée que Céline et son frère me font des signes d'amitié. Eux-mêmes n'osent se parler librement devant elle. Aussi continuent-ils à passer une partie des nuits dans ma chambre ; c'est le seul temps où nous jouissons en paix

---

1. C'est le nom que prenaient les reines en montant sur le trône. (NdA)

du plaisir de nous voir; et quoique je ne participe guère
à leurs entretiens, leur présence m'est toujours agréable.
Il ne tient pas aux soins de l'un et de l'autre que je ne sois
heureuse. Hélas! Mon cher Aza, ils ignorent que je ne
puis l'être loin de toi, et que je ne crois vivre qu'autant
que ton souvenir et ma tendresse m'occupent tout
entière.

Lettre XVI

Il me reste si peu de *quipos**, mon cher Aza, qu'à
peine j'ose en faire usage. Quand je veux les nouer, la
crainte de les voir finir m'arrête, comme si en les épar-
gnant je pouvais les multiplier. Je vais perdre le plaisir de
mon âme, le soutien de ma vie, rien ne soulagera le poids
de ton absence, j'en serai accablée.

Je goûtais une volupté délicate à conserver le souvenir
des plus secrets mouvements de mon cœur pour t'en
offrir l'hommage. Je voulais conserver la mémoire des
principaux usages de cette nation singulière pour amuser
ton loisir dans des jours plus heureux. Hélas! Il me reste
bien peu d'espérance de pouvoir exécuter mes projets.

Si je trouve à présent tant de difficultés à mettre de
l'ordre dans mes idées, comment pourrai-je dans la suite
me les rappeler sans un secours étranger? On m'en offre
un, il est vrai; mais l'exécution en est si difficile, que je la
crois impossible.

Le *Cacique** m'a amené un Sauvage de cette Contrée
qui vient tous les jours me donner des leçons de sa
langue, et de la méthode dont on se sert ici pour donner
une sorte d'existence aux pensées. Cela se fait en traçant
avec une plume de petites figures qu'on appelle *lettres*,
sur une matière blanche et mince que l'on nomme
papier. Ces figures ont des noms; ces noms, mêlés
ensemble, représentent les sons des paroles; mais ces

noms et ces sons me paraissent si peu distincts les uns des autres, que si je réussis un jour à les entendre, je suis bien assurée que ce ne sera pas sans beaucoup de peines. Ce pauvre sauvage s'en donne d'incroyables pour m'instruire ; je m'en donne bien davantage pour apprendre ; cependant je fais si peu de progrès, que je renoncerais à l'entreprise, si je savais qu'une autre voie pût m'éclaircir de ton sort et du mien.

Il n'en est point, mon cher Aza ! Aussi ne trouverai-je plus de plaisir que dans cette nouvelle et singulière étude. Je voudrais vivre seule, afin de m'y livrer sans relâche ; et la nécessité que l'on m'impose d'être toujours dans la chambre de *Madame*, me devient un supplice.

Dans les commencements, en excitant la curiosité des autres, j'amusais la mienne ; mais quand on ne peut faire usage que des yeux, ils sont bientôt satisfaits. Toutes les femmes se peignent le visage de la même couleur : elles ont toujours les mêmes manières, et je crois qu'elles disent toujours les mêmes choses. Les apparences sont plus variées dans les hommes. Quelques-uns ont l'air de penser ; mais, en général, je soupçonne cette nation de n'être point telle qu'elle paraît : je pense que l'affectation[1] est son caractère dominant.

Si les démonstrations de zèle et d'empressement, dont on décore ici les moindres devoirs de la société, étaient naturelles, il faudrait, mon cher Aza, que ces peuples eussent dans le cœur plus de bonté, plus d'humanité que les nôtres : cela se peut-il penser ?

S'ils avaient autant de sérénité dans l'âme que sur le visage, si le penchant à la joie que je remarque dans toutes leurs actions était sincère, choisiraient-ils pour leurs amusements des spectacles tels que celui que l'on m'a fait voir ?

92

---

1. *Affectation* : ici, hypocrisie, simulation.

On m'a conduite dans un endroit où l'on représente, à peu près comme dans ton palais, les actions des hommes qui ne sont plus [1]; avec cette différence que, si nous ne rappelons que la mémoire des plus sages et des plus vertueux, je crois qu'ici on ne célèbre que les insensés et les méchants. Ceux qui les représentent crient et s'agitent comme des furieux [2]; j'en ai vu un pousser sa rage jusqu'à se tuer lui-même. De belles femmes, qu'apparemment ils persécutent, pleurent sans cesse, et font des gestes de désespoir qui n'ont pas besoin des paroles dont ils sont accompagnés pour faire connaître l'excès de leur douleur.

Pourrait-on croire, mon cher Aza, qu'un peuple entier, dont les dehors sont si humains, se plaise à la représentation des malheurs ou des crimes qui ont autrefois avili ou accablé ses semblables?

Mais peut-être a-t-on besoin ici de l'horreur du vice pour conduire à la vertu. Cette pensée me vient sans la chercher : si elle était juste, que je plaindrais cette nation! La nôtre, plus favorisée de la nature, chérit le bien par ses propres attraits; il ne nous faut que des modèles de vertu pour devenir vertueux, comme il ne faut que t'aimer pour devenir aimable.

Lettre XVII

Je ne sais plus que penser du génie de cette nation, mon cher Aza. Il parcourt les extrêmes avec tant de rapidité, qu'il faudrait être plus habile que je ne le suis pour asseoir un jugement sur son caractère.

93

---

1. Les Incas faisaient représenter des espèces de comédies dont les sujets étaient tirés des meilleures actions de leurs prédécesseurs. (NdA)

2. *Furieux* : personnes en proie à une sorte de folie violente.

On m'a fait voir un spectacle totalement opposé au premier. Celui-là, cruel, effrayant, révolte la raison et humilie l'humanité. Celui-ci, amusant, agréable, imite la nature et fait honneur au bon sens. Il est composé d'un bien plus grand nombre d'hommes et de femmes que le premier. On y représente aussi quelques actions de la vie humaine ; mais, soit que l'on exprime la peine ou le plaisir, la joie ou la tristesse, c'est toujours par des chants et des danses.

Il faut, mon cher Aza, que l'intelligence des sons soit universelle, car il ne m'a pas été plus difficile de m'affecter des différentes passions que l'on a représentées que si elles eussent été exprimées dans notre langue, et cela me paraît bien naturel.

Le langage humain est sans doute de l'invention des hommes, puisqu'il diffère suivant les différentes nations. La nature, plus puissante et plus attentive aux besoins et aux plaisirs de ses créatures, leur a donné des moyens généraux de les exprimer, qui sont fort bien imités par les chants que j'ai entendus.

S'il est vrai que des sons aigus expriment mieux le besoin de secours dans une crainte violente ou dans une douleur vive, que des paroles entendues dans une partie du monde, et qui n'ont aucune signification dans l'autre, il n'est pas moins certain que de tendres gémissements frappent nos cœurs d'une compassion[1] bien plus efficace que des mots dont l'arrangement bizarre fait souvent un effet contraire.

Les sons vifs et légers ne portent-ils pas inévitablement dans notre âme le plaisir gai, que le récit d'une histoire divertissante ou une plaisanterie adroite n'y fait jamais naître qu'imparfaitement ?

Est-il dans aucune langue des expressions qui puissent communiquer le plaisir ingénu[2] avec autant de suc-

---

1. *Compassion* : pitié.
2. *Ingénu* : innocent.

cès que le font les jeux naïfs des animaux ? Il semble que
les danses veulent les imiter ; du moins inspirent-elles à
peu près le même sentiment.

Enfin, mon cher Aza, dans ce spectacle tout est
conforme à la nature et à l'humanité. Eh ! quel bien peut-
on faire aux hommes qui égale celui de leur inspirer de
la joie ?

J'en ressentis moi-même, et j'en emportais presque
malgré moi, quand elle fut troublée par un accident qui
arriva à Céline.

En sortant, nous nous étions un peu écartées de la
foule, et nous nous soutenions l'une l'autre de crainte de
tomber. Déterville était quelques pas devant nous avec sa
belle-sœur qu'il conduisait, lorsqu'un jeune sauvage
d'une figure aimable aborda Céline, lui dit quelques
mots fort bas, lui laissa un morceau de papier qu'à peine
elle eut la force de recevoir, et s'éloigna.

Céline, qui s'était effrayée à son abord jusqu'à me
faire partager le tremblement qui la saisit, tourna la tête
languissamment[1] vers lui lorsqu'il nous quitta. Elle me
parut si faible, que, la croyant attaquée d'un mal subit,
j'allais appeler Déterville pour la secourir ; mais elle
m'arrêta, et m'imposa silence en me mettant un de ses
doigts sur la bouche ; j'aimai mieux garder mon inquiétude que de lui désobéir.

Le même soir, quand le frère et la sœur se furent rendus dans ma chambre, Céline montra au *Cacique** le
papier qu'elle avait reçu ; sur le peu que je devinai de leur
entretien, j'aurais pensé qu'elle aimait le jeune homme
qui le lui avait donné, s'il était possible que l'on s'effrayât
de la présence de ce qu'on aime.

Je pourrais encore, mon cher Aza, te faire part de
bien d'autres remarques que j'ai faites ; mais, hélas ! Je
vois la fin de mes cordons, j'en touche les derniers fils,
j'en noue les derniers nœuds ; ces nœuds, qui me sem-

95

---

1. *Languissamment* : d'une façon langoureuse.

blaient être une chaîne de communication de mon cœur
au tien, ne sont déjà plus que les tristes objets de mes
regrets. L'illusion me quitte, l'affreuse vérité prend sa
place, mes pensées, errantes, égarées dans le vide
immense de l'absence, s'anéantiront désormais avec la
même rapidité que le temps. Cher Aza, il me semble que
l'on nous sépare encore une fois, que l'on m'arrache de
nouveau à ton amour. Je te perds, je te quitte, je ne te verrai plus. Aza ! cher espoir de mon cœur, que nous allons
être éloignés l'un de l'autre !

Lettre **XVIII**

Combien de temps effacé de ma vie, mon cher Aza !
Le Soleil a fait la moitié de son cours depuis la dernière
fois que j'ai joui du bonheur artificiel que je me faisais,
en croyant m'entretenir avec toi. Que cette double
absence m'a paru longue ! Quel courage ne m'a-t-il pas
fallu pour la supporter ! Je ne vivais que dans l'avenir, le
présent ne me paraissait plus digne d'être compté.
Toutes mes pensées n'étaient que des désirs, toutes mes
réflexions que des projets, tous mes sentiments que des
espérances.

À peine puis-je encore former ces figures, que je me
hâte d'en faire les interprètes de ma tendresse.

Je me sens ranimer par cette tendre occupation.
Rendue à moi-même, je crois recommencer à vivre. Aza,
que tu m'es cher ! que j'ai de joie à te le dire, à te le
peindre, à donner à ce sentiment toutes les sortes d'existence qu'il peut avoir ! Je voudrais le tracer sur le plus dur
métal, sur les murs de ma chambre, sur mes habits, sur
tout ce qui m'environne, et l'exprimer dans toutes les
langues.

Hélas ! que la connaissance de celle dont je me sers à
présent m'a été funeste ! Que l'espérance qui m'a portée

à m'en instruire était trompeuse! À mesure que j'en ai acquis l'intelligence, un nouvel univers s'est offert à mes yeux. Les objets ont pris une autre forme, chaque éclaircissement m'a découvert un nouveau malheur.

Mon esprit, mon cœur, mes yeux, tout m'a séduit, le Soleil même m'a trompée. Il éclaire le monde entier, dont ton empire n'occupe qu'une portion, ainsi que bien d'autres royaumes qui le composent. Ne crois pas, mon cher Aza, que l'on m'ait abusée sur ces faits incroyables : on ne me les a que trop prouvés.

Loin d'être parmi des peuples soumis à ton obéissance, je suis sous une domination non seulement étrangère, mais si éloignée de ton empire, que notre nation y serait encore ignorée, si la cupidité[1] des Espagnols ne leur avait fait surmonter des dangers affreux pour pénétrer jusqu'à nous.

L'amour ne fera-t-il pas ce que la soif des richesses a pu faire? Si tu m'aimes, si tu me désires, si tu penses encore à la malheureuse Zilia, je dois tout attendre de ta tendresse ou de ta générosité. Que l'on m'enseigne les chemins qui peuvent me conduire jusqu'à toi, les périls à surmonter, les fatigues à supporter seront des plaisirs pour mon cœur.

Lettre **XIX**

Je suis encore si peu habile dans l'art d'écrire, mon cher Aza, qu'il me faut un temps infini pour former très peu de lignes. Il arrive souvent qu'après avoir beaucoup écrit, je ne puis deviner moi-même ce que j'ai cru exprimer. Cet embarras brouille mes idées, me fait oublier ce que j'avais rappelé avec peine à mon souvenir; je recommence, je ne fais pas mieux, et cependant je continue.

1. *Cupidité* : désir immodéré de richesses.

J'y trouverais plus de facilité, si je n'avais à te peindre que les expressions de ma tendresse; la vivacité de mes sentiments aplanirait toutes les difficultés. Mais je voudrais aussi te rendre compte de tout ce qui s'est passé pendant l'intervalle de mon silence. Je voudrais que tu n'ignorasses aucune de mes actions; néanmoins elles sont depuis longtemps si peu intéressantes et si uniformes, qu'il me serait impossible de les distinguer les unes des autres.

Le principal événement de ma vie a été le départ de Déterville.

Depuis un espace de temps que l'on nomme *six mois*, il est allé faire la guerre pour les intérêts de son souverain. Lorsqu'il partit, j'ignorais encore l'usage de sa langue; cependant, à la vive douleur qu'il fit paraître en se séparant de sa sœur et de moi, je compris que nous le perdions pour longtemps.

J'en versai bien des larmes; mille craintes remplirent mon cœur, que les bontés de Céline ne purent effacer. Je perdais en lui la plus solide espérance de te revoir. À qui aurais-je pu avoir recours, s'il m'était arrivé de nouveaux malheurs? Je n'étais entendue de personne.

Je ne tardai pas à ressentir les effets de cette absence. *Madame*, dont je n'avais que trop deviné le dédain, et qui ne m'avait tant retenue dans sa chambre que par je ne sais quelle vanité qu'elle tirait, dit-on, de ma naissance et du pouvoir qu'elle a sur moi, me fit enfermer avec Céline dans une maison de Vierges, où nous sommes encore.

Cette retraite ne me déplairait pas, si au moment où je suis en état de tout entendre, elle ne me privait des instructions dont j'ai besoin sur le dessein que je forme d'aller te rejoindre. Les Vierges qui l'habitent sont d'une ignorance si profonde, qu'elles ne peuvent satisfaire à mes moindres curiosités.

Le culte qu'elles rendent à la Divinité du pays exige qu'elles renoncent à tous ses bienfaits, aux connaissances de l'esprit, aux sentiments du cœur, et je crois même à la raison, du moins leur discours le font-ils penser.

Enfermées comme les nôtres, elles ont un avantage que l'on n'a pas dans les temples du Soleil : ici les murs, ouverts en quelques endroits, et seulement fermés par des morceaux de fer croisés, assez près l'un de l'autre pour empêcher de sortir, laissent la liberté de voir et d'entretenir les gens du dehors, c'est ce qu'on appelle des parloirs.

C'est à la faveur de cette commodité que je continue à prendre des leçons d'écriture. Je ne parle qu'au maître qui me les donne ; son ignorance à tous autres égards qu'à celui de son art ne peut me tirer de la mienne. Céline ne me paraît pas mieux instruite. Je remarque dans les réponses qu'elle fait à mes questions, un certain embarras qui ne peut partir que d'une dissimulation maladroite ou d'une ignorance honteuse. Quoi qu'il en soit, son entretien est toujours borné aux intérêts de son cœur et à ceux de sa famille.

Le jeune Français qui lui parla un jour en sortant du spectacle où l'on chante est son amant[1], comme j'avais cru le deviner. Mais Madame Déterville, qui ne veut pas les unir, lui défend de le voir, et, pour l'en empêcher plus sûrement, elle ne veut pas même qu'elle parle à qui que ce soit.

Ce n'est pas que son choix soit indigne d'elle, c'est que cette mère glorieuse[2] et dénaturée profite d'un usage barbare, établi parmi les grands seigneurs du pays, pour obliger Céline à prendre l'habit de Vierge, afin de rendre son fils aîné plus riche. Par le même motif, elle a déjà obligé Déterville à choisir un certain ordre[3] dont il ne pourra plus sortir dès qu'il aura prononcé des paroles que l'on appelle *vœux*.

99

---

1. *Amant* : homme qui aime et qui est aimé en retour.

2. *Glorieuse* : orgueilleuse, vaniteuse.

3. *Choisir un certain ordre* : il s'agit de l'ordre des chevaliers de Malte (voir lettre XXXVII).

Céline résiste de tout son pouvoir au sacrifice que l'on exige d'elle; son courage est soutenu par des lettres de son amant que je reçois de mon maître à écrire, et que je lui rends; cependant son chagrin apporte tant d'altération dans son caractère, que loin d'avoir pour moi les mêmes bontés qu'elle avait avant que je parlasse sa langue, elle répand sur notre commerce[1] une amertume qui aigrit mes peines.

Confidente perpétuelle des siennes, je l'écoute sans ennui, je la plains sans effort, je la console avec amitié; et si ma tendresse, réveillée par la peinture de la sienne, me fait chercher à soulager l'oppression de mon cœur en prononçant seulement ton nom, l'impatience et le mépris se peignent sur son visage; elle me conteste ton esprit, tes vertus, et jusqu'à ton amour.

Ma *China** même (je ne lui sais point d'autre nom; celui-là a paru plaisant, on le lui a laissé), ma *China*, qui semblait m'aimer, qui m'obéit en toutes autres occasions, se donne la hardiesse de m'exhorter à ne plus penser à toi, ou, si je lui impose silence, elle sort. Céline arrive, il faut renfermer mon chagrin. Cette contrainte tyrannique met le comble à mes maux. Il ne me reste que la seule et pénible satisfaction de couvrir ce papier des expressions de ma tendresse, puisqu'il est le seul témoin docile des sentiments de mon cœur.

Hélas! Je prends peut-être des peines inutiles, peut-être ne sauras-tu jamais que je n'ai vécu que pour toi. Cette horrible pensée affaiblit mon courage sans rompre le dessein que j'ai de continuer à t'écrire. Je conserve mon illusion pour te conserver ma vie, j'écarte la raison barbare qui voudrait m'éclairer: si je n'espérais te revoir, je périrais, mon cher Aza, j'en suis certaine. Sans toi la vie m'est un supplice.

100

---

1. *Commerce*: échange, relation.

Lettre **XX**

Jusqu'ici, mon cher Aza, tout occupée des peines de mon cœur, je ne t'ai point parlé de celles de mon esprit; cependant elles ne sont guère moins cruelles. J'en éprouve une d'un genre inconnu parmi nous, causée par les usages généraux de cette nation, si différents des nôtres, qu'à moins de t'en donner quelques idées, tu ne pourrais compatir à mon inquiétude.

Le gouvernement de cet empire, entièrement opposé à celui du tien, ne peut manquer d'être défectueux. Au lieu que le *Capa-Inca* * est obligé de pourvoir à la subsistance de ses peuples, en Europe les souverains ne tirent la leur que des travaux de leurs sujets; aussi les crimes et les malheurs viennent-ils presque tous de besoins mal satisfaits.

Le malheur des nobles, en général, naît des difficultés qu'ils trouvent à concilier leur magnificence apparente avec leur misère réelle.

Le commun des hommes ne soutient son état que par ce qu'on appelle commerce ou industrie; la mauvaise foi est le moindre des crimes qui en résultent.

Une partie du peuple est obligée, pour vivre, de s'en rapporter à l'humanité des autres : les effets en sont si bornés, qu'à peine ces malheureux ont-ils suffisamment de quoi s'empêcher de mourir.

Sans avoir de l'or, il est impossible d'acquérir une portion de cette terre que la nature a donnée à tous les hommes. Sans posséder ce qu'on appelle du bien, il est impossible d'avoir de l'or, et, par une inconséquence[1] qui blesse les lumières naturelles, et qui impatiente la raison, cette nation orgueilleuse, suivant les lois d'un faux honneur qu'elle a inventé, attache de la honte à recevoir de tout autre que du souverain ce qui est nécessaire au

---

1. *Inconséquence* : irréflexion, légèreté.

soutien de sa vie et de son état. Ce souverain répand ses libéralités[1] sur un si petit nombre de ses sujets, en comparaison de la quantité des malheureux, qu'il y aurait autant de folie à prétendre y avoir part que d'ignominie à se délivrer par la mort de l'impossibilité de vivre sans honte.

La connaissance de ces tristes vérités n'excita d'abord dans mon cœur que de la pitié pour les misérables, et de l'indignation contre les lois. Mais, hélas! que la manière méprisante dont j'entendis parler de ceux qui ne sont pas riches me fit faire de cruelles réflexions sur moi-même! Je n'ai ni or, ni terres, ni industrie, je fais nécessairement partie des citoyens de cette ville. Ô ciel! dans quelle classe dois-je me ranger?

Quoique tout sentiment de honte qui ne vient pas d'une faute commise me soit étranger, quoique je sente combien il est insensé d'en recevoir par des causes indépendantes de mon pouvoir ou de ma volonté, je ne puis me défendre de souffrir de l'idée que les autres ont de moi : cette peine me serait insupportable, si je n'espérais qu'un jour ta générosité me mettra en état de récompenser ceux qui m'humilient malgré moi par des bienfaits dont je me croyais honorée.

Ce n'est pas que Céline ne mette tout en œuvre pour calmer mes inquiétudes à cet égard; mais ce que je vois, ce que j'apprends des gens de ce pays me donne en général de la défiance de leur parole. Leurs vertus, mon cher Aza, n'ont pas plus de réalité que leurs richesses. Les meubles que je croyais d'or n'en ont que la superficie; leur véritable substance est de bois; de même ce qu'ils appellent politesse cache légèrement leurs défauts sous les dehors de la vertu; mais avec un peu d'attention on en découvre aussi aisément l'artifice que celui de leurs fausses richesses.

---

1. *Libéralités* : générosité, largesse.

Je dois une partie de ces connaissances à une sorte d'écriture que l'on appelle *livres*. Quoique je trouve encore beaucoup de difficultés à comprendre ce qu'ils contiennent, ils me sont fort utiles, j'en tire des notions. Céline m'explique ce qu'elle en sait, et j'en compose des idées que je crois justes.

Quelques-uns de ces livres apprennent ce que les hommes ont fait, et d'autres ce qu'ils ont pensé. Je ne puis t'exprimer, mon cher Aza, l'excellence du plaisir que je trouverais à les lire, si je les entendais mieux, ni le désir extrême que j'ai de connaître quelques-uns des hommes divins qui les composent. Je comprends qu'ils sont à l'âme ce que le Soleil est à la terre, et que je trouverais avec eux toutes les lumières, tous les secours dont j'ai besoin, mais je ne vois nul espoir d'avoir jamais cette satisfaction. Quoique Céline lise assez souvent, elle n'est pas assez instruite pour me satisfaire ; à peine avait-elle pensé que les livres fussent faits par des hommes ; elle en ignore les noms, et même s'ils vivent encore.

Je te porterai, mon cher Aza, tout ce que je pourrai amasser de ces merveilleux ouvrages, je te les expliquerai dans notre langue, je goûterai la suprême félicité[1] de donner un plaisir nouveau à ce que j'aime. Hélas ! le pourrai-je jamais ?

Lettre **XXI**

Je ne manquerai plus de matière pour t'entretenir, mon cher Aza ; on m'a fait parler à un *Cusipata* *, que l'on nomme ici *religieux* : instruit de tout, il m'a promis de ne me rien laisser ignorer. Poli comme un grand seigneur, savant comme un *Amauta* *, il sait aussi parfaite-

103

---

1. *Félicité* : bonheur.

ment les usages du monde que les dogmes[1] de sa religion. Son entretien, plus utile qu'un livre, m'a donné une satisfaction que je n'avais pas goûtée depuis que mes malheurs m'ont séparée de toi.

Il venait pour m'instruire de la religion de France, et m'exhorter à l'embrasser.

De la façon dont il m'a parlé des vertus qu'elle prescrit, elles sont tirées[2] de la loi naturelle, et en vérité aussi pures que les nôtres; mais je n'ai pas l'esprit assez subtil pour apercevoir le rapport que devraient avoir avec elle les mœurs et les usages de la nation, j'y trouve au contraire une inconséquence si remarquable, que ma raison refuse absolument de s'y prêter.

À l'égard de l'origine et des principes de cette religion, ils ne m'ont pas paru plus incroyables que l'histoire de *Mancocapac*** et du marais *Tisicaca*[3]*. La morale en est si belle, que j'aurais écouté le *Cusipata* avec plus de complaisance, s'il n'eût parlé avec mépris du culte sacré que nous rendons au Soleil. Toute partialité[4] détruit la confiance. J'aurais pu appliquer à ses raisonnements ce qu'il opposait aux miens : mais si les lois de l'humanité défendent de frapper son semblable parce que c'est lui faire un mal, à plus forte raison ne doit-on pas blesser son âme par le mépris de ses opinions. Je me contentai de lui expliquer mes sentiments sans contrarier les siens.

D'ailleurs un intérêt plus cher me pressait de changer le sujet de notre entretien; je l'interrompis, dès qu'il

---

1. *Dogmes* : doctrines.
2. Comprendre « j'en déduis qu'elles sont tirées ».
3. Voyez l'*Histoire des Incas*. (NdA) [Voir note 1, p. 46. Selon une légende, *Mancocapac*, fils du Soleil, apparut d'abord sur le lac Titicaca, accompagné de son épouse, *Mama-Oella*. Après avoir passé une nuit à Pacaritampu (dans la vallée de Cuzco), il parvint à enfoncer sa baguette d'or dans le sol de ce qui allait devenir Cuzco, le «nombril du monde». C'est ainsi que naquit la capitale des Incas et, avec elle, l'ensemble de la civilisation péruvienne.]
4. *Partialité* : parti pris, préjugé.

me fut possible, pour faire des questions sur l'éloignement de la ville de Paris à celle de *Cuzco**, et sur la possi-
bilité d'en faire le trajet. Le *Cusipata* y satisfit avec bonté ;
et quoiqu'il me désignât la distance de ces deux villes
d'une façon désespérante, quoiqu'il me fît regarder
comme insurmontable la difficulté d'en faire le voyage, il
me suffit de savoir que la chose était possible pour affer-
mir mon courage et me donner la confiance de communiquer mon dessein au bon religieux.

Il en parut étonné, il s'efforça de me détourner
d'une telle entreprise avec des mots si doux, qu'il m'at-
tendrit moi-même sur les périls auxquels je m'expose-
rais ; cependant ma résolution n'en fut point ébranlée. Je
priai le *Cusipata* avec les plus vives instances de m'ensei-
gner les moyens de retourner dans ma patrie. Il ne voulut entrer dans aucun détail, il me dit seulement que
Déterville, par sa haute naissance et par son mérite per-
sonnel, étant dans une grande considération[1], pourrait
tout ce qu'il voudrait ; et qu'ayant un oncle tout-puissant
à la cour d'Espagne, il pouvait plus aisément que personne me procurer des nouvelles de nos malheureuses
contrées.

Pour achever de me déterminer à attendre son
retour, qu'il m'assura être prochain, il ajouta qu'après les
obligations que j'avais à ce généreux ami, je ne pouvais
avec honneur disposer de moi sans son consentement.
J'en tombai d'accord, et j'écoutai avec plaisir l'éloge qu'il
me fit des rares[2] qualités qui distinguent Déterville des
personnes de son rang. Le poids de la reconnaissance est
bien léger, mon cher Aza, quand on ne le reçoit que des
mains de la vertu.

Le savant homme m'apprit aussi comment le hasard
avait conduit les Espagnols jusqu'à ton malheureux

105

---

1. *Étant dans une grande considération* : jouissant d'une grande estime,
d'une grande réputation.
2. *Rares* : ici, précieuses.

empire, et que la soif de l'or était la seule cause de leur cruauté. Il m'expliqua ensuite de quelle façon le droit de la guerre m'avait fait tomber entre les mains de Déterville par un combat dont il était sorti victorieux, après avoir pris plusieurs vaisseaux aux Espagnols, entre lesquels était celui qui me portait.

Enfin, mon cher Aza, s'il a confirmé mes malheurs, il m'a du moins tirée de la cruelle obscurité où je vivais sur tant d'événements funestes, et ce n'est pas un petit soulagement à mes peines. J'attends le reste du retour de Déterville : il est humain, noble, vertueux, je dois compter sur sa générosité. S'il me rend à toi, quel bienfait! quelle joie! quel bonheur!

Lettre XXII

J'avais compté, mon cher Aza, me faire un ami du savant *Cusipata* *, mais une seconde visite qu'il m'a faite a détruit la bonne opinion que j'avais prise de lui dans la première.

Si d'abord il m'avait paru doux et sincère, cette fois je n'ai trouvé que de la rudesse et de la fausseté dans tout ce qu'il m'a dit.

L'esprit tranquille sur les intérêts de ma tendresse, je voulus satisfaire ma curiosité sur les hommes merveilleux qui font des livres; je commençai par m'informer du rang qu'ils tiennent dans le monde, de la vénération que l'on a pour eux, enfin des honneurs ou des triomphes qu'on leur décerne pour tant de bienfaits qu'ils répandent dans la société.

Je ne sais ce que le *Cusipata* trouva de plaisant dans mes questions, mais il sourit à chacune, et n'y répondit que par des discours si peu mesurés, qu'il ne me fut pas difficile de voir qu'il me trompait.

En effet, si je l'en crois, ces hommes, sans contredit [1]
20 au-dessus des autres par la noblesse et l'utilité de leur travail, restent souvent sans récompense, et sont obligés,
pour l'entretien de leur vie, de vendre leurs pensées,
ainsi que le peuple vend, pour subsister, les plus viles productions de la terre. Cela peut-il être !

25 La tromperie, mon cher Aza, ne me déplaît guère
moins sous le masque transparent de la plaisanterie que
sous le voile épais de la séduction : celle du religieux
m'indigna, et je ne daignai pas y répondre.

Ne pouvant me satisfaire, je remis la conversation sur
30 le projet de mon voyage, mais, au lieu de m'en détourner
avec la même douceur que la première fois, il m'opposa
des raisonnements si forts et si convaincants, que je ne
trouvai que ma tendresse pour toi qui pût les combattre :
je ne balançai [2] pas à lui en faire l'aveu.

35 D'abord il prit une mine gaie, et, paraissant douter
de la vérité de mes paroles, il ne me répondit que par des
railleries, qui, tout insipides qu'elles étaient, ne laissèrent   107
pas de [3] m'offenser. Je m'efforçai de le convaincre de la
vérité ; mais, à mesure que les expressions de mon cœur
40 en prouvaient les sentiments, son visage et ses paroles
devinrent sévères : il osa me dire que mon amour pour
toi était incompatible avec la vertu, qu'il fallait renoncer
à l'un ou à l'autre, enfin que je ne pouvais t'aimer sans
crime.

45 À ces paroles insensées, la plus vive colère s'empara
de mon âme, j'oubliai la modération que je m'étais pres-
crite, je l'accablai de reproches, je lui appris ce que je
pensais de la fausseté de ses paroles, je lui protestai mille
fois de t'aimer toujours, et, sans attendre ses excuses, je
50 le quittai, et je courus m'enfermer dans ma chambre, où
j'étais sûre qu'il ne pourrait me suivre.

---

1. *Sans contredit* : assurément, certainement.
2. *Balançai* : hésitai.
3. *Ne laissèrent pas de* : ne cessèrent pas de.

Ô mon cher Aza, que la raison de ce pays est bizarre ! Elle convient en général que la première des vertus est de faire du bien, d'être fidèle à ses engagements ; elle défend en particulier de tenir ceux que le sentiment le 55 plus pur a formés. Elle ordonne la reconnaissance, et semble prescrire l'ingratitude.

Je serais louable si je te rétablissais sur le trône de tes pères, je suis criminelle en te conservant un bien plus précieux que tous les empires du monde. 60

On m'approuverait si je récompensais tes bienfaits par les trésors du Pérou. Dépourvue de tout, dépendante de tout, je ne possède que ma tendresse, on veut que je te la ravisse, il faut être ingrate pour avoir de la vertu. Ah ! mon cher Aza ! je les trahirais toutes si je cessais un 65 moment de t'aimer. Fidèle à leurs lois, je le serai à mon amour ; je ne vivrai que pour toi.

Lettre XXIII

Je crois, mon cher Aza, qu'il n'y a que la joie de te voir qui pourrait l'emporter sur celle que m'a causée le retour de Déterville ; mais comme s'il ne m'était plus permis d'en goûter sans mélange, elle a été bientôt suivie d'une tristesse qui dure encore. 5

Céline était hier matin dans ma chambre, quand on vint mystérieusement l'appeler : il n'y avait pas longtemps qu'elle m'avait quittée, lorsqu'elle me fit dire de me rendre au parloir ; j'y courus : quelle fut ma surprise d'y trouver son frère avec elle ! 10

Je ne dissimulai point le plaisir que j'eus de le voir, je lui dois de l'estime et de l'amitié ; ces sentiments sont presque des vertus ; je les exprimai avec autant de vérité que je les sentais.

Je voyais mon libérateur, le seul appui de mes espé- 15 rances ; j'allais parler sans contrainte de toi, de ma ten-

dresse, de mes desseins; ma joie allait jusqu'au transport.

Je ne parlais pas encore français lorsque Déterville
20 partit; combien de choses n'avais-je pas à lui apprendre!
combien d'éclaircissements à lui demander! combien de
reconnaissance à lui témoigner! Je voulais tout dire à la
fois, je disais mal, et cependant je parlais beaucoup.

Je m'aperçus pendant ce temps-là que la tristesse
25 qu'en entrant j'avais remarquée sur le visage de Déterville
se dissipait et faisait place à la joie : je m'en applaudissais;
elle m'animait à l'exciter encore. Hélas! devais-je
craindre d'en donner trop à un ami à qui je dois tout, et
de qui j'attends tout? Cependant ma sincérité le jeta dans
30 une erreur qui me coûte à présent bien des larmes.

Céline était sortie en même temps que j'étais entrée;
peut-être sa présence aurait-elle épargné une explication
si cruelle.

Déterville, attentif à mes paroles, paraissait se plaire à
35 les entendre, sans songer à m'interrompre. Je ne sais
quel trouble me saisit lorsque je voulus lui demander des
instructions sur mon voyage et lui en expliquer le motif;
mais les expressions me manquèrent, je les cherchais; il
profita d'un moment de silence, et, mettant un genou en
40 terre devant la grille à laquelle ses deux mains étaient
attachées, il me dit d'une voix émue : À quel sentiment,
divine Zilia, dois-je attribuer le plaisir que je vois aussi
naïvement exprimé dans vos beaux yeux que dans vos discours? Suis-je le plus heureux des hommes au moment
45 même où ma sœur vient de me faire entendre que j'étais
le plus à plaindre? Je ne sais, lui répondis-je, quel chagrin
Céline a pu vous donner; mais je suis bien assurée que
vous n'en recevrez jamais de ma part. Cependant, répliqua-t-il, elle m'a dit que je ne devais pas espérer d'être
50 aimé de vous. Moi! M'écriai-je en l'interrompant, moi, je
ne vous aime point!

Ah! Déterville, comment votre sœur peut-elle me
noircir d'un tel crime! L'ingratitude me fait horreur : je

109

me haïrais moi-même, si je croyais pouvoir cesser de vous aimer.

Pendant que je prononçais ce peu de mots, il semblait, à l'avidité[1] de ses regards, qu'il voulait lire dans mon âme.

Vous m'aimez, Zilia, me dit-il, vous m'aimez, et vous me le dites! Je donnerais ma vie pour entendre ce charmant aveu; hélas! je ne puis le croire, lors même que je l'entends. Zilia, ma chère Zilia, est-il bien vrai que vous m'aimez? ne vous trompez-vous pas vous-même? Votre ton, vos yeux, mon cœur, tout me séduit. Peut-être n'est-ce que pour me replonger plus cruellement dans le désespoir dont je sors.

Vous m'étonnez, repris-je; d'où naît votre défiance? Depuis que je vous connais, si je n'ai pu me faire entendre par des paroles, toutes mes actions n'ont-elles pas dû vous prouver que je vous aime? Non, répliqua-t-il, je ne puis encore me flatter: vous ne parlez pas assez bien le français pour détruire mes justes craintes; vous ne cherchez point à me tromper, je le sais. Mais expliquez-moi quel sens vous attachez à ces mots adorables: *Je vous aime.* Que mon sort soit décidé, que je meure à vos pieds de douleur ou de plaisir.

Ces mots, lui dis-je, un peu intimidée par la vivacité avec laquelle il prononça ces dernières paroles, ces mots doivent, je crois, vous faire entendre que vous m'êtes cher, que votre sort m'intéresse, que l'amitié et la reconnaissance m'attachent à vous; ces sentiments plaisent à mon cœur et doivent satisfaire le vôtre.

Ah! Zilia, me répondit-il, que vos termes s'affaiblissent! que votre ton se refroidit! Céline m'aurait-elle dit la vérité? N'est-ce point pour Aza que vous sentez tout ce que vous dites? Non, lui dis-je, le sentiment que j'ai pour Aza est tout différent de ceux que j'ai pour vous, c'est ce

1. *Avidité*: désir, envie.

que vous appelez l'amour… Quelle peine cela peut-il vous faire? ajoutai-je, en le voyant pâlir, abandonner la grille, et jeter au ciel des regards remplis de douleur. J'ai de l'amour pour Aza parce qu'il en a pour moi, que nous devions être unis. Il n'y a là-dedans nul rapport avec vous. Les mêmes, s'écria-t-il, que vous trouvez entre vous et lui, puisque j'ai mille fois plus d'amour qu'il n'en ressentit jamais.

Comment cela se pourrait-il? repris-je. Vous n'êtes point de ma nation; loin que vous m'ayez choisie pour votre épouse, le hasard seul nous a réunis, et ce n'est même que d'aujourd'hui que nous pouvons librement nous communiquer nos idées. Par quelle raison auriez-vous pour moi les sentiments dont vous parlez?

En faut-il d'autres que vos charmes et mon caractère, me répliqua-t-il, pour m'attacher à vous jusqu'à la mort? Né tendre, paresseux, ennemi de l'artifice, les peines qu'il aurait fallu me donner pour pénétrer le cœur des femmes, et la crainte de n'y pas trouver la franchise que j'y désirais, ne m'ont laissé pour elles qu'un goût vague ou passager; j'ai vécu sans passion jusqu'au moment où je vous ai vue; votre beauté me frappa; mais son impression aurait peut-être été aussi légère que celle de beaucoup d'autres, si la douceur et la naïveté de votre caractère ne m'avaient présenté l'objet que mon imagination m'avait si souvent composé. Vous savez, Zilia, si je l'ai respecté cet objet de mon adoration. Que ne m'en a-t-il pas coûté pour résister aux occasions séduisantes que m'offrait la familiarité[1] d'une longue navigation[2]! Combien de fois votre innocence vous aurait-elle livrée à mes transports, si je les eusse écoutés! Mais, loin de vous offenser, j'ai poussé la discrétion jusqu'au silence; j'ai même exigé de ma sœur qu'elle ne vous parlerait pas de

111

---

1. *Familiarité*: privauté, grande intimité.
2. *D'une longue navigation*: référence au voyage relaté dans les lettres III à IX.

mon amour ; je n'ai rien voulu devoir qu'à vous-même. Ah, Zilia ! si vous n'êtes point touchée d'un respect si tendre, je vous fuirai ; mais, je le sens, ma mort sera le prix du sacrifice.

Votre mort ! m'écriai-je, pénétrée de la douleur sincère dont je le voyais accablé : hélas ! quel sacrifice ! Je ne sais si celui de ma vie ne me serait pas moins affreux.

Eh bien, Zilia, me dit-il, si ma vie vous est chère, ordonnez donc que je vive. Que faut-il faire ? lui dis-je. M'aimer, répondit-il, comme vous aimiez Aza. Je l'aime toujours de même, lui répliquai-je, et je l'aimerai jusqu'à la mort : je ne sais, ajoutai-je, si vos lois vous permettent d'aimer deux objets[1] de la même manière ; mais nos usages et mon cœur me le défendent. Contentez-vous des sentiments que je vous promets, je ne puis en avoir d'autres ; la vérité m'est chère, je vous la dis sans détour.

De quel sang-froid vous m'assassinez ! s'écria-t-il. Ah, Zilia ! que je vous aime, puisque j'adore jusqu'à votre cruelle franchise ! Eh bien, continua-t-il après avoir gardé quelques moments le silence, mon amour surpassera votre cruauté. Votre bonheur m'est plus cher que le mien. Parlez-moi avec cette sincérité qui me déchire sans ménagement. Quelle est votre espérance sur l'amour que vous conservez pour Aza ?

Hélas ! lui dis-je, je n'en ai qu'en vous seul ! Je lui expliquai ensuite comment j'avais appris que la communication aux Indes n'était pas impossible ; je lui dis que je m'étais flattée qu'il me procurerait les moyens d'y retourner, ou tout au moins qu'il aurait assez de bonté pour faire passer jusqu'à toi des nœuds qui t'instruiraient de mon sort, et pour m'en faire avoir les réponses, afin qu'instruite de ta destinée, elle serve de règle à la mienne.

Je vais prendre, me dit-il avec un sang-froid affecté, les mesures nécessaires pour découvrir le sort de votre

1. *Objets* : ici, personnes qui sont à l'origine d'une passion.

amant : vous serez satisfaite à cet égard. Cependant vous vous flatteriez en vain de revoir l'heureux Aza, des obstacles invincibles vous séparent.

Ces mots, mon cher Aza, furent un coup mortel pour mon cœur, mes larmes coulèrent en abondance, elles m'empêchèrent longtemps de répondre à Déterville, qui de son côté gardait un morne silence. Eh bien, lui dis-je enfin, je ne le verrai plus, mais je n'en vivrai pas moins pour lui : si votre amitié est assez généreuse pour nous procurer quelque correspondance, cette satisfaction suffira pour me rendre la vie moins insupportable, et je mourrai contente, pourvu que vous me promettiez de lui faire savoir que je suis morte en l'aimant.

Ah! c'en est trop, s'écria-t-il en se levant brusquement : oui, s'il est possible, je serai le seul malheureux. Vous connaîtrez ce cœur que vous dédaignez ; vous verrez de quels efforts est capable un amour tel que le mien, et je vous forcerai au moins à me plaindre. En disant ces mots il sortit et me laissa dans un état que je ne comprends pas encore. J'étais demeurée debout, les yeux attachés sur la porte par où Déterville venait de sortir, abîmée dans une confusion de pensées que je ne cherchais pas même à démêler : j'y serais restée longtemps, si Céline ne fût entrée dans le parloir.

Elle me demanda vivement pourquoi Déterville était sorti sitôt. Je ne lui cachai pas ce qui s'était passé entre nous. D'abord elle s'affligea de ce qu'elle appelait le malheur de son frère. Ensuite, tournant sa douleur en colère, elle m'accabla des plus durs reproches, sans que j'osasse y opposer un seul mot. Qu'aurais-je pu lui dire? mon trouble me laissait à peine la liberté de penser ; je sortis, elle ne me suivit point. Retirée dans ma chambre, j'y suis restée un jour sans oser paraître, sans avoir eu de nouvelles de personne, et dans un désordre d'esprit qui ne me permettait pas même de t'écrire.

La colère de Céline, le désespoir de son frère, ses dernières paroles, auxquelles je voudrais et je n'ose donner

113

un sens favorable, livrèrent mon âme tour à tour aux plus cruelles inquiétudes.

J'ai cru enfin que le seul moyen de les adoucir était de te les peindre, de t'en faire part, de chercher dans ta tendresse les conseils dont j'ai besoin ; cette erreur m'a soutenue pendant que j'écrivais ; mais qu'elle a peu duré ! Ma lettre est finie, et les caractères n'en sont tracés que pour moi.

Tu ignores ce que je souffre ; tu ne sais pas même si j'existe, si je t'aime. Aza, mon cher Aza, ne le sauras-tu jamais ?

Lettre **XXIV**

Je pourrais encore appeler une absence le temps qui s'est écoulé, mon cher Aza, depuis la dernière fois que je t'ai écrit.

Quelques jours après l'entretien que j'eus avec Déterville, je tombai dans une maladie que l'on nomme la *fièvre*. Si, comme je le crois, elle a été causée par les passions douloureuses qui m'agitèrent alors, je ne doute pas qu'elle n'ait été prolongée par les tristes réflexions dont je suis occupée, et par le regret d'avoir perdu l'amitié de Céline.

Quoiqu'elle ait paru s'intéresser à ma maladie, qu'elle m'ait rendu tous les soins qui dépendaient d'elle, c'était d'un air si froid, elle a eu si peu de ménagement pour mon âme, que je ne puis douter de l'altération de ses sentiments. L'extrême amitié qu'elle a pour son frère l'indispose contre moi, elle me reproche sans cesse de le rendre malheureux : la honte de paraître ingrate m'intimide, les bontés affectées de Céline me gênent, mon embarras la contraint, la douceur et l'agrément sont bannis de notre commerce.

Malgré tant de contrariété et de peine de la part du frère et de la sœur, je ne suis pas insensible aux événements qui changent leurs destinées.

La mère de Déterville est morte. Cette mère dénatu-
25 rée n'a point démenti son caractère, elle a donné tout son bien à son fils aîné. On espère que les gens de loi empêcheront l'effet de cette injustice. Déterville, désintéressé par lui-même, se donne des peines infinies pour tirer Céline de l'oppression. Il semble que son malheur
30 redouble son amitié pour elle ; outre qu'il vient la voir tous les jours, il lui écrit soir et matin. Ses lettres sont remplies de plaintes si tendres contre moi, d'inquiétudes si vives sur ma santé, que, quoique Céline affecte en me les lisant de ne vouloir que m'instruire du progrès de
35 leurs affaires, je démêle aisément son véritable motif.

Je ne doute pas que Déterville ne les écrive afin qu'elles me soient lues ; néanmoins je suis persuadée qu'il s'en abstiendrait, s'il était instruit des reproches dont cette lecture est suivie. Ils font leur impression sur   115
40 mon cœur. La tristesse me consume.

Jusqu'ici, au milieu des orages, je jouissais de la faible satisfaction de vivre en paix avec moi-même : aucune tache ne souillait la pureté de mon âme, aucun remords ne la troublait ; à présent je ne puis penser sans une sorte
45 de mépris pour moi-même que je rends malheureuses deux personnes auxquelles je dois la vie ; que je trouble le repos dont elles jouiraient sans moi ; que je leur fais tout le mal qui est en mon pouvoir, et cependant je ne puis ni ne veux cesser d'être criminelle. Ma tendresse
50 pour toi triomphe de mes remords. Aza, que je t'aime !

Lettre **XXV**

Que la prudence est quelquefois nuisible, mon cher Aza ! J'ai résisté longtemps aux pressantes instances que

Déterville m'a fait faire de lui accorder un moment d'entretien. Hélas! Je fuyais mon bonheur. Enfin, moins par complaisance que par lassitude de disputer[1] avec Céline, je me suis laissé conduire au parloir. À la vue du changement affreux qui rend Déterville presque méconnaissable, je suis restée interdite; je me repentais déjà de ma démarche, j'attendais en tremblant les reproches qu'il me paraissait en droit de me faire. Pouvais-je deviner qu'il allait combler mon âme de plaisir?

Pardonnez-moi, Zilia, m'a-t-il dit, la violence que je vous fais; je ne vous aurais pas obligée à me voir, si je ne vous apportais autant de joie que vous me causez de douleur. Est-ce trop exiger qu'un moment de votre vue pour récompense du cruel sacrifice que je vous fais? Et sans me donner le temps de répondre : Voici, continua-t-il, une lettre de ce parent dont on vous a parlé : en vous apprenant le sort d'Aza, elle vous prouvera mieux que tous mes serments quel est l'excès de mon amour; et tout de suite il me fit la lecture de cette lettre. Ah! mon cher Aza, ai-je pu l'entendre sans mourir de joie? Elle m'apprend que tes jours sont conservés, que tu es libre, que tu vis sans péril à la cour d'Espagne. Quel bonheur inespéré!

Cette admirable lettre est écrite par un homme qui te connaît, qui te voit, qui te parle; peut-être tes regards ont-ils été attachés un moment sur ce précieux papier? Je ne pouvais en arracher les miens; je n'ai retenu qu'à peine des cris de joie prêts à m'échapper; les larmes de l'amour inondaient mon visage.

Si j'avais suivi les mouvements de mon cœur, cent fois j'aurais interrompu Déterville pour lui dire tout ce que la reconnaissance m'inspirait; mais je n'oubliais point que mon bonheur devait augmenter ses peines; je lui cachai mes transports, il ne vit que mes larmes.

Eh bien, Zilia, me dit-il après avoir cessé de lire, j'ai tenu ma parole : vous êtes instruite du sort d'Aza; si ce

---

1. *Disputer* : avoir de vives discussions.

n'est point assez, que faut-il faire de plus ? Ordonnez sans
contrainte, il n'est rien que vous ne soyez en droit d'exi-
40 ger de mon amour, pourvu qu'il contribue à votre bonheur.

Quoique je dusse m'attendre à cet excès de bonté,
elle me surprit et me toucha.

Je fus quelques moments embarrassée de ma
45 réponse, je craignais d'irriter la douleur d'un homme si
généreux. Je cherchais des termes qui exprimassent la
vérité de mon cœur sans offenser la sensibilité du sien ; je
ne les trouvais pas, il fallait parler.

Mon bonheur, lui dis-je, ne sera jamais sans mélange,
50 puisque je ne puis concilier les devoirs de l'amour avec
ceux de l'amitié ; je voudrais regagner la vôtre et celle de
Céline ; je voudrais ne vous point quitter, admirer sans
cesse vos vertus, payer tous les jours de ma vie le tribut de
reconnaissance que je dois à vos bontés. Je sens qu'en
55 m'éloignant de deux personnes si chères j'emporterai
des regrets éternels. Mais... Quoi ! Zilia, s'écria-t-il, vous
voulez nous quitter ! Ah ! Je n'étais point préparé à cette
funeste résolution ; je manque de courage pour la soutenir. J'en avais assez pour vous voir ici dans les bras de
60 mon rival. L'effort de ma raison, la délicatesse de mon
amour m'avaient affermi contre ce coup mortel ; je l'aurais préparé moi-même, mais je ne puis me séparer de
vous, je ne puis renoncer à vous voir. Non, vous ne partirez point, continua-t-il avec emportement, n'y comptez
65 pas, vous abusez de ma tendresse, vous déchirez sans
pitié un cœur perdu d'amour. Zilia, cruelle Zilia, voyez
mon désespoir, c'est votre ouvrage. Hélas ! de quel prix
payez-vous l'amour le plus pur !

C'est vous, lui dis-je, effrayée de sa résolution, c'est
70 vous que je devrais accuser. Vous flétrissez mon âme en la
forçant d'être ingrate ; vous désolez mon cœur par une
sensibilité infructueuse. Au nom de l'amitié, ne ternissez
pas une générosité sans exemple par un désespoir qui
ferait l'amertume de ma vie sans vous rendre heureux.

117

Ne condamnez point en moi le même sentiment que 75
vous ne pouvez surmonter, ne me forcez pas à me
plaindre de vous, laissez-moi chérir votre nom, le porter
au bout du monde, et le faire révérer à des peuples ado-
rateurs de la vertu.

Je ne sais comment je prononçai ces paroles ; mais 80
Déterville, fixant ses yeux sur moi, semblait ne me point
regarder ; renfermé en lui-même, il demeura longtemps
dans une profonde méditation ; de mon côté, je n'osais
l'interrompre : nous observions un égal silence, quand il
reprit la parole et me dit avec une espèce de tranquillité : 85
oui, Zilia, je reconnais, je sens toute mon injustice ; mais
renonce-t-on de sang-froid à la vue de tant de charmes ?
Vous le voulez, vous serez obéie. Quel sacrifice, ô ciel ! Mes
tristes jours s'écouleront, finiront sans vous voir ! Au
moins si la mort… N'en parlons plus, ajouta-t-il en s'in- 90
terrompant, ma faiblesse me trahirait, donnez-moi deux
jours pour m'assurer de moi-même, je reviendrai vous
voir, il est nécessaire que nous prenions ensemble des
mesures pour notre voyage. Adieu, Zilia. Puisse l'heureux
Aza sentir tout son bonheur ! En même temps il sortit. 95

Je te l'avoue, mon cher Aza, quoique Déterville me
soit cher, quoique je fusse pénétrée de sa douleur, j'avais
trop d'impatience de jouir en paix de ma félicité pour
n'être pas bien aise qu'il se retirât.

Qu'il est doux, après tant de peines, de s'abandonner 100
à la joie ! Je passai le reste de la journée dans les plus
tendres ravissements. Je ne t'écrivis point, une lettre était
trop peu pour mon cœur, elle m'aurait rappelé ton
absence. Je te voyais, je te parlais, cher Aza ! Que man-
querait-il à mon bonheur, si tu avais joint à la précieuse 105
lettre que j'ai reçue quelques gages de ta tendresse ?
Pourquoi ne l'as-tu pas fait ? On t'a parlé de moi, tu es
instruit de mon sort, et rien ne me parle de ton amour.
Mais puis-je douter de ton cœur ? Le mien m'en répond.
Tu m'aimes, ta joie est égale à la mienne, tu brûles des 110
mêmes feux, la même impatience te dévore ; que la

crainte s'éloigne de mon âme, que la joie y domine sans
mélange. Cependant tu as embrassé la religion de ce
peuple féroce. Quelle est-elle ? Exige-t-elle que tu
15 renonces à ma tendresse, comme celle de France voudrait
que je renonçasse à la tienne ? non, tu l'aurais rejetée.

Quoi qu'il en soit, mon cœur est sous tes lois ; soumise
à tes lumières, j'adopterai aveuglément tout ce qui pourra
nous rendre inséparables. Que puis-je craindre ? Bientôt
20 réunie à mon bien, à mon être, à mon tout, je ne penserai
plus que par toi, je ne vivrai plus que pour t'aimer.

Lettre **XXVI**

C'est ici, mon cher Aza, que je te reverrai ; mon bonheur s'accroît chaque jour par ses propres circonstances.
Je sors de l'entrevue que Déterville m'avait assignée[1] ;
quelque plaisir que je me sois fait de surmonter les diffi-
5 cultés du voyage, de te prévenir, de courir au-devant de
tes pas, je le sacrifie sans regret au bonheur de te voir
plus tôt.

Déterville m'a prouvé avec tant d'évidence que tu
peux être ici en moins de temps qu'il ne m'en faudrait
10 pour aller en Espagne, que, quoiqu'il m'ait laissé géné-
reusement le choix, je n'ai pas balancé à t'attendre ; le
temps est trop cher pour le prodiguer[2] sans nécessité.

Peut-être, avant de me déterminer, aurais-je examiné
cet avantage avec plus de soin, si je n'eusse tiré des éclair-
15 cissements sur mon voyage qui m'ont décidée en secret
sur le parti que je prends, et ce secret je ne puis le confier
qu'à toi.

Je me suis souvenue que, pendant la longue route qui
m'a conduite à Paris, Déterville donnait des pièces d'ar-

---

1. *Assignée* : fixée, déterminée.
2. *Prodiguer* : dépenser avec excès.

gent et quelquefois d'or dans tous les endroits où nous 20
nous arrêtions. J'ai voulu savoir si c'était par obligation
ou par simple libéralité. J'ai appris qu'en France, non
seulement on fait payer la nourriture aux voyageurs, mais
encore le repos[1]. Hélas! Je n'ai pas la moindre partie de
ce qui serait nécessaire pour contenter l'avidité de ce 25
peuple intéressé; il faudrait le recevoir des mains de
Déterville. Mais pourrais-je me résoudre à contracter
volontairement un genre d'obligation dont la honte va
presque jusqu'à l'ignominie? Je ne le puis, mon cher
Aza; cette raison seule m'aurait déterminée à demeurer 30
ici; le plaisir de te voir plus promptement n'a fait que
confirmer ma résolution.

Déterville a écrit devant moi au ministre d'Espagne.
Il le presse de te faire partir avec une générosité qui me
pénètre de reconnaissance et d'admiration. 35

Quels doux moments j'ai passés pendant que
Déterville écrivait! Quel plaisir d'être occupée des arrangements de ton voyage, de voir les apprêts de mon bonheur, de n'en plus douter!

Si d'abord il m'en a coûté pour renoncer au dessein 40
que j'avais de te prévenir, je l'avoue, mon cher Aza, j'y
trouve à présent mille sources de plaisir que je n'y avais
pas aperçues.

Plusieurs circonstances, qui ne me paraissaient d'aucune valeur pour avancer ou retarder mon départ, me 45
deviennent intéressantes et agréables. Je suivais aveuglément le penchant de mon cœur; j'oubliais que j'allais te
chercher au milieu de ces barbares Espagnols dont la
seule idée me saisit d'horreur; je trouve une satisfaction
infinie dans la certitude de ne les revoir jamais. La voix 50
de l'amour éteignait celle de l'amitié; je goûte sans
remords la douceur de les réunir. D'un autre côté,
Déterville m'a assuré qu'il nous était à jamais impossible

120

---

1. Les Incas avaient établi sur les chemins de grandes maisons où
l'on recevait les voyageurs sans aucun frais. (NdA)

de revoir la ville du Soleil. Après le séjour de notre patrie,
55 en est-il un plus agréable que celui de France ? Il te
plaira, mon cher Aza : quoique la sincérité en soit ban-
nie, on y trouve tant d'agréments, qu'ils font oublier les
dangers de la société.

Après ce que je t'ai dit de l'or, il n'est pas nécessaire
60 de t'avertir d'en apporter, tu n'as que faire d'autre
mérite ; la moindre partie de tes trésors suffit pour te
faire admirer et confondre l'orgueil des magnifiques
indigents[1] de ce royaume ; tes vertus et tes sentiments ne
seront estimés que de Déterville et de moi. Il m'a promis
65 de te faire rendre mes nœuds et mes lettres ; il m'a assuré
que tu trouverais des interprètes pour t'expliquer les dernières. On vient me demander le paquet, il faut que je te
quitte ; adieu, cher espoir de ma vie : je continuerai à
t'écrire : si je ne puis te faire passer mes lettres, je te les
70 garderai.

Comment supporterais-je la longueur de ton voyage,
si je me privais du seul moyen que j'ai de m'entretenir de
ma joie, de mes transports, de mon bonheur ?

121

Lettre **XXVII**

Depuis que je sais mes lettres en chemin, mon cher
Aza, je jouis d'une tranquillité que je ne connaissais plus.
Je pense sans cesse au plaisir que tu auras à les recevoir,
je vois tes transports, je les partage ; mon âme ne reçoit
5 de toutes parts que des idées agréables, et, pour comble
de joie, la paix est rétablie dans notre petite société.

Les juges ont rendu à Céline les biens dont sa mère
l'avait privée. Elle voit son amant tous les jours, son
mariage n'est retardé que par les apprêts qui y sont

---

1. *Magnifiques indigents* : oxymore qui désigne les nobles, dont la
richesse n'est qu'apparente.

nécessaires. Au comble de ses vœux, elle ne pense plus à 10
me quereller, et je lui en ai autant d'obligation que si[1] je
devais à son amitié les bontés qu'elle recommence à me
témoigner. Quel qu'en soit le motif, nous sommes toujours redevables à ceux qui nous font éprouver un sentiment doux. 15

Ce matin elle m'en a fait sentir tout le prix par une
complaisance qui m'a fait passer d'un trouble fâcheux à
une tranquillité agréable.

On lui a apporté une quantité prodigieuse d'étoffes,
d'habits, de bijoux de toute espèce ; elle est accourue 20
dans ma chambre, m'a emmenée dans la sienne ; et,
après m'avoir consultée sur les différentes beautés de
tant d'ajustements, elle a fait elle-même un tas de ce qui
avait le plus attiré mon attention, et d'un air empressé
elle commandait déjà à nos *Chinas** de le porter chez 25
moi, quand je m'y suis opposée de toutes mes forces. Mes
instances n'ont d'abord servi qu'à la divertir ; mais,
voyant que son obstination augmentait avec mes refus, je
n'ai pu dissimuler davantage mon ressentiment[2].

Pourquoi, lui ai-je dit les yeux baignés de larmes, 30
pourquoi voulez-vous m'humilier plus que je ne le suis ?
Je vous dois la vie et tout ce que j'ai ; c'est plus qu'il n'en
faut pour ne point oublier mes malheurs. Je sais que,
selon vos lois, quand les bienfaits ne sont d'aucune utilité
à ceux qui les reçoivent, la honte en est effacée. Attendez 35
donc que je n'en aie plus aucun besoin pour exercer
votre générosité. Ce n'est pas sans répugnance, ajoutai-je
d'un ton plus modéré, que je me conforme à des sentiments si peu naturels. Nos usages sont plus humains ;
celui qui reçoit s'honore autant que celui qui donne, 40
vous m'avez appris à penser autrement ; n'était-ce donc
que pour me faire des outrages ?

---

1. *Je lui en ai autant d'obligation que si* : je lui suis aussi reconnais-
sante que si.
2. *Ressentiment* : rancune, amertume.

Cette aimable amie, plus touchée de mes larmes qu'irritée de mes reproches, m'a répondu d'un ton
45 d'amitié : nous sommes bien éloignés, mon frère et moi, ma chère Zilia, de vouloir blesser votre délicatesse ; il nous siérait[1] mal de faire les magnifiques[2] avec vous, vous le connaîtrez dans peu ; je voulais seulement que vous partageassiez avec moi les présents d'un frère généreux ;
50 c'était le plus sûr moyen de lui en marquer ma reconnaissance ; l'usage, dans le cas où je suis, m'autorisait à vous les offrir ; mais, puisque vous en êtes offensée, je ne vous en parlerai plus. Vous me le promettez donc ? lui ai-je dit. Oui, m'a-t-elle répondu en souriant ; mais permet-
55 tez-moi d'en écrire un mot à Déterville.

Je l'ai laissée faire, et la gaieté s'est rétablie entre nous ; nous avons recommencé à examiner ses parures plus en détail, jusqu'au temps où on l'a demandée au parloir : elle voulait m'y mener ; mais, mon cher Aza, est-
60 il pour moi quelques amusements comparables à celui de t'écrire ? Loin d'en chercher d'autres, j'appréhende ceux que le mariage de Céline me prépare.

Elle prétend que je quitte la maison religieuse pour demeurer dans la sienne quand elle sera mariée ; mais, si
65 j'en suis crue[3]...

Aza, mon cher Aza, par quelle agréable surprise ma lettre fut-elle hier interrompue ! Hélas ! Je croyais avoir perdu pour jamais ces précieux monuments de notre ancienne splendeur, je n'y comptais plus, je n'y pensais
70 même pas, j'en suis environnée, je les vois, je les touche, et j'en crois à peine mes yeux et mes mains.

Au moment où je t'écrivais, je vis entrer Céline, suivie de quatre hommes accablés sous le poids de gros coffres qu'ils portaient ; ils les posèrent à terre et se retirèrent. Je

123

---

1. *Siérait* : irait.

2. *Magnifiques* : personnes qui se plaisent à faire de grandes et éclatantes dépenses.

3. *Si j'en suis crue* : si l'on me croit.

pensai que ce pouvait être de nouveaux dons de ⁷⁵ Déterville. Je murmurais déjà en secret, lorsque Céline me dit en me présentant les clefs : ouvrez, Zilia, ouvrez sans vous effaroucher, c'est de la part d'Aza. Je le crus. À ton nom est-il rien qui puisse arrêter mon empressement ? J'ouvris avec précipitation, et ma surprise ⁸⁰ confirma mon erreur en reconnaissant tout ce qui s'offrit à ma vue pour des ornements du temple du Soleil.

Un sentiment confus, mêlé de tristesse et de joie, de plaisir et de regret, remplit tout mon cœur. Je me prosternai devant ces restes sacrés de notre culte et de nos ⁸⁵ autels ; je les couvris de respectueux baisers, je les arrosai de mes larmes ; je ne pouvais m'en arracher ; j'avais oublié jusqu'à la présence de Céline ; elle me tira de mon ivresse en me donnant une lettre qu'elle me pria de lire.

Toujours remplie de mon erreur, je la crus de toi ; ⁹⁰ mes transports redoublèrent ; mais, quoique je la déchiffrasse avec peine, je connus bientôt qu'elle était de Déterville.

Il me sera plus aisé, mon cher Aza, de te la copier que de t'en expliquer le sens. ⁹⁵

BILLET DE DÉTERVILLE

« Ces trésors sont à vous, belle Zilia, puisque je les ai trouvés sur le vaisseau qui vous portait. Quelques discussions arrivées entre les gens de l'équipage m'ont empêché jusqu'ici d'en disposer librement. Je voulais vous les présenter moi-même ; mais les inquiétudes que vous avez ¹⁰⁰ témoignées ce matin à ma sœur ne me laissent plus le choix du moment. Je ne saurais trop tôt dissiper vos craintes ; je préférerai toute ma vie votre satisfaction à la mienne. »

Je l'avoue en rougissant, mon cher Aza, je sentis ¹⁰⁵ moins alors la générosité de Déterville que le plaisir de lui donner des preuves de la mienne.

Je mis promptement à part un vase que le hasard plus que la cupidité a fait tomber dans les mains des Espagnols.

10 C'est le même, mon cœur l'a reconnu, que tes lèvres touchèrent le jour où tu voulus bien goûter du *aca*[1] préparé de ma main. Plus riche de ce trésor que de tous ceux qu'on me rendait, j'appelai les gens qui les avaient apportés : je voulais les leur faire reprendre pour les ren-
15 voyer à Déterville ; mais Céline s'opposa à mon dessein.

Que vous êtes injuste, Zilia, me dit-elle. Quoi ! vous voulez faire accepter des richesses immenses à mon frère, vous que l'offre d'une bagatelle offense ; rappelez votre équité, si vous voulez en inspirer aux autres.

20 Ces paroles me frappèrent. Je craignis qu'il n'y eût dans mon action plus d'orgueil et de vengeance que de générosité. Que les vices sont près des vertus ! J'avouai ma faute ; j'en demandai pardon à Céline ; mais je souffrais trop de la contrainte qu'elle voulait m'imposer pour
25 n'y pas chercher de l'adoucissement. Ne me punissez pas autant que je le mérite, lui dis-je d'un air timide ; ne dédaignez pas quelques modèles du travail de nos malheureuses contrées ; vous n'en avez aucun besoin ; ma prière ne doit point vous offenser.

30 Tandis que je parlais, je remarquai que Céline regardait attentivement deux arbustes d'or chargés d'oiseaux et d'insectes d'un travail excellent : je me hâtai de les lui présenter, avec une petite corbeille d'argent que je remplis de coquillages, de poissons et de fleurs les mieux imi-
35 tées : elle les accepta avec une bonté qui me ravit.

Je choisis ensuite plusieurs idoles des nations vaincues[2] par tes ancêtres, et une petite statue[3] qui représentait une Vierge du Soleil ; j'y joignis un tigre, un lion et

125

---

1. Boisson des Indiens. (NdA)

2. Les Incas faisaient déposer dans le temple du Soleil les idoles des peuples qu'ils soumettaient, après leur avoir fait accepter le culte du Soleil. Ils en avaient eux-mêmes, puisque l'Inca *Huayna* consulta l'idole de Rimace. *Histoire des Incas*, t. 1, p. 350. (NdA) [Voir note 1, p. 46.]

3. Les Incas ornaient leurs maisons de statues d'or de toute grandeur, et même de gigantesques. (NdA)

d'autres animaux courageux, et je la priai de les envoyer
à Déterville. Écrivez-lui donc, me dit-elle en souriant; 140
sans une lettre de votre part, les présents seraient mal
reçus.

J'étais trop satisfaite pour rien refuser; j'écrivis tout
ce que me dicta ma reconnaissance, et lorsque Céline fut
sortie, je distribuai de petits présents à sa *China* et à la 145
mienne : j'en mis à part pour mon maître à écrire. Je goû-
tai enfin le délicieux plaisir de donner.

Ce n'a pas été sans choix, mon cher Aza; tout ce qui
vient de toi, tout ce qui a des rapports intimes avec ton
souvenir n'est point sorti de mes mains. 150

La chaise d'or [1] que l'on conservait dans le temple
pour le jour des visites du *Capa-Inca**, ton auguste père,
placée d'un côté de ma chambre en forme de trône, me
représente ta grandeur et la majesté de ton rang. La
grande figure du Soleil, que je vis moi-même arracher du 155
temple par les perfides Espagnols, suspendue au-dessus,
excite ma vénération; je me prosterne devant elle, mon
esprit l'adore, et mon cœur est tout à toi. Les deux pal-
miers que tu donnas au Soleil pour offrande et pour gage
de la foi que tu m'avais jurée, placés aux deux côtés du 160
trône, me rappellent sans cesse tes tendres serments.

Des fleurs [2], des oiseaux répandus avec symétrie dans
tous les coins de ma chambre, forment en raccourci
l'image de ces magnifiques jardins où je me suis si souvent entretenue de ton idée [3]. Mes yeux satisfaits ne s'ar- 165
rêtent nulle part sans me rappeler ton amour, ma joie,
mon bonheur, enfin tout ce qui fera jamais la vie de ma
vie.

126

---

1. Les Incas ne s'asseyaient que sur des sièges d'or massif. (NdA)
2. On a déjà dit que les jardins du temple et ceux des maisons
royales étaient remplis de toutes sortes d'imitations en or et en
argent. Les Péruviens imitaient jusqu'à l'herbe appelée *maïs*, dont
ils faisaient des champs tout entiers. (NdA)
3. *De ton idée* : de ton image, de toi.

Lettre **XXVIII**

Je n'ai pu résister, mon cher Aza, aux instances de Céline ; il a fallu la suivre, et nous sommes depuis deux jours à sa maison de campagne, où son mariage fut célébré en arrivant.

5   Avec quelle violence et quels regrets ne me suis-je pas arrachée à ma solitude ! à peine ai-je eu le temps de jouir de la vue des ornements précieux qui me la rendaient si chère, que j'ai été forcée de les abandonner ; et pour combien de temps ? Je l'ignore.

10   La joie et les plaisirs dont tout le monde paraît être enivré me rappellent avec plus de regret les jours paisibles que je passais à t'écrire, ou du moins à penser à toi : cependant je ne vis jamais des objets si nouveaux pour moi, si merveilleux, et si propres à me distraire ; et, avec
15   l'usage passable que j'ai à présent de la langue du pays, je pourrais tirer des éclaircissements aussi amusants qu'utiles sur tout ce qui se passe sous mes yeux, si le bruit et le tumulte laissaient à quelqu'un assez de sang-froid pour répondre à mes questions : mais jusqu'ici je n'ai
20   trouvé personne qui en eût la complaisance ; et je ne suis guère moins embarrassée que je ne l'étais en arrivant en France.

La parure des hommes et des femmes est si brillante, si chargée d'ornements inutiles, les uns et les autres pro-
25   noncent si rapidement ce qu'ils disent, que mon attention à les écouter m'empêche de les voir, et celle que j'emploie à les regarder m'empêche de les entendre. Je reste dans une espèce de stupidité qui fournirait sans doute beaucoup à leur plaisanterie, s'ils avaient le loisir
30   de s'en apercevoir ; mais ils sont si occupés d'eux-mêmes, que mon étonnement leur échappe. Il n'est que trop fondé, mon cher Aza ; je vois ici des prodiges dont les ressorts sont impénétrables à mon imagination.

127

Je ne te parlerai pas de la beauté de cette maison, presque aussi grande qu'une ville, ornée comme un temple, et remplie d'un grand nombre de bagatelles agréables, dont je vois faire si peu d'usage que je ne puis me défendre de penser que les Français ont choisi le superflu pour l'objet de leur culte : on lui consacre les arts, qui sont ici tant au-dessus de la nature : ils semblent ne vouloir que l'imiter, ils la surpassent; et la manière dont ils font usage de ses productions paraît souvent supérieure à la sienne. Ils rassemblent dans les jardins, et presque dans un point de vue[1], les beautés qu'elle distribue avec économie sur la surface de la terre, et les éléments soumis semblent n'apporter d'obstacles à leurs entreprises que pour rendre leurs triomphes plus éclatants.

On voit la terre étonnée nourrir et élever dans son sein les plantes des climats les plus éloignés, sans besoin, sans nécessités apparentes que celles d'obéir aux arts et d'orner l'idole du superflu. L'eau, si facile à diviser, qui semble n'avoir de consistance que par les vaisseaux qui la contiennent, et dont la direction naturelle est de suivre toutes sortes de pentes, se trouve forcée ici à s'élancer rapidement dans les airs, sans guide, sans soutien, par sa propre force, et sans autre utilité que le plaisir des yeux.

Le feu, mon cher Aza, le feu, ce terrible élément, je l'ai vu, renonçant à son pouvoir destructeur, dirigé docilement par une puissance supérieure, prendre toutes les formes qu'on lui prescrit; tantôt dessinant un vaste tableau de lumière sur un ciel obscurci par l'absence du soleil, et tantôt nous montrant cet astre divin descendu sur la terre avec ses feux, son activité, sa lumière éblouissante, enfin dans un éclat qui trompe les yeux et le jugement. Quel art, mon cher Aza! Quels hommes! Quel génie! J'oublie tout ce que j'ai entendu, tout ce que j'ai vu de leur petitesse : je retombe malgré moi dans mon ancienne admiration.

1. *Point de vue* : étendue d'un lieu qui borne la vue.

Lettre **XXIX**

Ce n'est pas sans un véritable regret, mon cher Aza, que je passe de l'admiration du génie des Français au mépris de l'usage qu'ils en font. Je me plaisais de bonne foi à estimer cette nation charmante ; mais je ne puis me
5 refuser à l'évidence de ses défauts.

Le tumulte s'est enfin apaisé, j'ai pu faire des questions ; on m'a répondu ; il n'en faut pas davantage ici pour être instruite au-delà même de ce qu'on veut savoir. C'est avec une bonne foi et une légèreté hors de toute croyance
10 que les Français dévoilent les secrets de la perversité de leurs mœurs. Pour peu qu'on les interroge, il ne faut ni finesse ni pénétration pour démêler que leur goût effréné pour le superflu a corrompu leur raison, leur cœur et leur esprit ; qu'il a établi des richesses chimériques sur les
15 ruines du nécessaire ; qu'il a substitué une politesse superficielle aux bonnes mœurs, et qu'il remplace le bon sens et la raison par le faux brillant de l'esprit.

La vanité dominante des Français est celle de paraître opulents[1]. Le génie, les arts, et peut-être les sciences, tout
20 se rapporte au faste, tout concourt à la ruine des fortunes ; et comme si la fécondité de leur génie ne suffisait pas pour en multiplier les objets, je sais d'eux-mêmes qu'au mépris des biens solides et agréables que la France produit en abondance, ils tirent à grands frais de toutes
25 les parties du monde les meubles fragiles et sans usage qui font l'ornement de leurs maisons, les parures éblouissantes dont ils sont couverts, jusqu'aux mets et aux liqueurs qui composent leurs repas.

Peut-être, mon cher Aza, ne trouverais-je rien de
30 condamnable dans l'excès de ces superfluités, si les Français avaient des trésors pour y satisfaire, ou qu'ils n'employassent à contenter leur goût que ce qui leur res-

---

1. *Opulents* : riches.

terait après avoir établi leurs maisons sur une aisance honnête.

Nos lois, les plus sages qui aient été données aux hommes, permettent certaines décorations, dans chaque état, qui caractérisent la naissance ou les richesses, et qu'à la rigueur on pourrait nommer du superflu ; aussi n'est-ce que celui qui naît du dérèglement de l'imagination, celui qu'on ne peut soutenir sans manquer à l'humanité et à la justice, qui me paraît un crime ; en un mot, c'est celui dont les Français sont idolâtres, et auquel ils sacrifient leur repos et leur honneur.

Il n'y a parmi eux qu'une classe de citoyens en état de porter le culte de l'idole à son plus haut degré de splendeur, sans manquer aux devoirs du nécessaire. Les grands ont voulu les imiter ; mais ils ne sont que les martyrs de cette religion. Quelle peine ! Quel embarras ! Quel travail pour soutenir leur dépense au-delà de leurs revenus ! Il y a peu de seigneurs qui ne mettent en usage plus d'industrie, de finesse et de supercherie pour se distinguer par de frivoles[1] somptuosités, que leurs ancêtres n'ont employé de prudence, de valeur et de talents utiles à l'État pour illustrer leur propre nom. Et ne crois pas que je t'en impose, mon cher Aza : j'entends tous les jours avec indignation des jeunes gens se disputer entre eux la gloire d'avoir mis le plus de subtilité et d'adresse dans les manœuvres qu'ils emploient pour tirer les superfluités dont ils se parent des mains de ceux qui ne travaillent que pour ne pas manquer du nécessaire.

Quel mépris de tels hommes ne m'inspireraient-ils pas pour toute la nation, si je ne savais d'ailleurs que les Français pèchent plus communément faute d'avoir une idée juste des choses que faute de droiture : leur légèreté exclut presque toujours le raisonnement. Parmi eux rien n'est grave, rien n'a de poids ; peut-être aucun n'a jamais réfléchi sur les conséquences déshonorantes de sa

1. *Frivoles* : superficielles.

conduite. Il faut paraître riche, c'est une mode, une habitude, on la suit; un inconvénient se présente, on le surmonte par une injustice; on ne croit que triompher d'une difficulté; mais l'illusion va plus loin.

Dans la plupart des maisons, l'indigence et le superflu ne sont séparés que par un appartement. L'un et l'autre partagent les occupations de la journée, mais d'une manière bien différente. Le matin, dans l'intérieur du cabinet[1], la voix de la pauvreté se fait entendre par la bouche d'un homme payé pour trouver les moyens de les concilier avec la fausse opulence. Le chagrin et l'humeur[2] président à ces entretiens, qui finissent ordinairement par le sacrifice du nécessaire, que l'on immole[3] au superflu. Le reste du jour, après avoir pris un autre habit, un autre appartement, et presque un autre être, ébloui de sa propre magnificence, on est gai, on se dit heureux : on va même jusqu'à se croire riche.

J'ai cependant remarqué que quelques-uns de ceux qui étalent leur faste avec le plus d'affectation n'osent pas toujours croire qu'ils en imposent. Alors ils se plaisantent eux-mêmes sur leur propre indigence; ils insultent gaiement à la mémoire de leurs ancêtres, dont la sage économie se contentait de vêtements commodes, de parures et d'ameublements proportionnés à leurs revenus plus qu'à leur naissance. Leur famille, dit-on, et leurs domestiques jouissaient d'une abondance frugale[4] et honnête. Ils dotaient leurs filles et ils établissaient sur des fondements solides la fortune du successeur de leur nom, et tenaient en réserve de quoi réparer l'infortune d'un ami, ou d'un malheureux.

Te le dirai-je, mon cher Aza? Malgré l'aspect ridicule sous lequel on me présentait les mœurs de ces temps

131

---

1. *Cabinet* : petite pièce à l'écart.
2. *Humeur* : ici, équivalent de mauvaise humeur, disposition chagrine.
3. *Immole* : ici, sacrifie.
4. *Frugale* : austère, sobre.

reculés, elles me plaisaient tellement, j'y trouvais tant de rapport avec la naïveté des nôtres, que, me laissant entraîner à l'illusion, mon cœur tressaillait à chaque circonstance, comme si j'eusse dû, à la fin du récit, me trouver au milieu de nos chers citoyens. Mais, aux premiers applaudissements que j'ai donnés à ces coutumes si sages, les éclats de rire que je me suis attirés ont dissipé mon erreur, et je n'ai trouvé autour de moi que les Français insensés de ce temps-ci, qui font gloire du dérèglement de leur imagination.

La même dépravation qui a transformé les biens solides des Français en bagatelles inutiles n'a pas rendu moins superficiels les liens de leur société. Les plus sensés d'entre eux, qui gémissent de cette dépravation, m'ont assuré qu'autrefois, ainsi que parmi nous, l'honnêteté était dans l'âme, et l'humanité dans le cœur : cela peut être. Mais à présent, ce qu'ils appellent politesse leur tient lieu de sentiment : elle consiste dans une infinité de paroles sans signification, d'égards sans estime, et de soins sans affection.

Dans les grandes maisons, un domestique est chargé de remplir les devoirs de la société. Il fait chaque jour un chemin considérable pour aller dire à l'un que l'on est en peine de sa santé, à l'autre que l'on s'afflige de son chagrin, ou que l'on se réjouit de son plaisir. À son retour, on n'écoute point les réponses qu'il rapporte. On est convenu réciproquement de s'en tenir à la forme, de n'y mettre aucun intérêt; et ces attentions tiennent lieu d'amitié.

Les égards se rendent personnellement; on les pousse jusqu'à la puérilité : j'aurais honte de t'en parler, s'il ne fallait tout connaître d'une nation si singulière. On manquerait d'égards pour ses supérieurs, et même pour ses égaux, si, après l'heure du repas que l'on vient de prendre familièrement avec eux, on satisfaisait aux besoins d'une soif pressante sans avoir demandé autant d'excuses que de permissions. On ne doit pas non plus

laisser toucher son habit à celui d'une personne considérable, et ce serait lui manquer[1] que de la regarder attentivement; mais ce serait bien pis si on manquait à la voir.
Il me faudrait plus d'intelligence et plus de mémoire que
je n'en ai pour te rapporter toutes les frivolités que l'on
donne et que l'on reçoit pour des marques de considération, qui veut presque dire de l'estime.

À l'égard de l'abondance des paroles, tu entendras
un jour, mon cher Aza, que l'exagération, aussitôt désa-
vouée que prononcée, est le fonds inépuisable de la
conversation des Français. Ils manquent rarement
d'ajouter un compliment superflu à celui qui l'était déjà,
dans l'intention de persuader qu'ils n'en font point.
C'est avec des flatteries outrées qu'ils protestent de la sincérité des louanges qu'ils prodiguent; et ils appuient
leurs protestations d'amour et d'amitié de tant de termes
inutiles, que l'on n'y reconnaît point le sentiment.

Ô mon cher Aza, que mon peu d'empressement à
parler, que la simplicité de mes expressions doivent leur
paraître insipides! Je ne crois pas que mon esprit leur inspire plus d'estime. Pour mériter quelque réputation à cet
égard, il faut avoir fait preuve d'une grande sagacité à saisir les différentes significations des mots et à déplacer
leur usage. Il faut exercer l'attention de ceux qui écoutent par la subtilité de pensées souvent impénétrables, ou
bien en dérober l'obscurité sous l'abondance des expressions frivoles. J'ai lu dans un de leurs meilleurs livres : *que
l'esprit du beau monde consiste à dire agréablement des riens, à
ne se pas permettre le moindre propos sensé, si on ne le fait excu-
ser par les grâces du discours; à voiler enfin la raison quand on
est obligé de la produire.*

Que pourrais-je te dire qui pût te prouver mieux que
le bon sens et la raison, qui sont regardés comme le
nécessaire de l'esprit, sont méprisés ici, comme tout ce
qui est utile? Enfin, mon cher Aza, sois assuré que le

133

---

1. *Lui manquer* : ici, lui manquer de respect.

superflu domine si souverainement en France, que qui n'a qu'une fortune honnête est pauvre, qui n'a que des vertus est plat, et qui n'a que du bon sens est sot.

Lettre **XXX**

Le penchant des Français les porte si naturellement aux extrêmes, mon cher Aza, que Déterville, quoique exempt de[1] la plus grande partie des défauts de sa nation, participe néanmoins à celui-là. Non content de tenir la promesse qu'il m'a faite de ne plus me parler de ses sentiments, il évite avec une attention marquée de se rencontrer auprès de moi. Obligés de nous voir sans cesse, je n'ai pas encore trouvé l'occasion de lui parler.

Quoique la compagnie soit toujours fort nombreuse et fort gaie, la tristesse règne sur son visage. Il est aisé de deviner que ce n'est pas sans violence qu'il subit la loi qu'il s'est imposée. Je devrais peut-être lui en tenir compte ; mais j'ai tant de questions à lui faire sur les intérêts de mon cœur, que je ne puis lui pardonner son affectation à me fuir.

Je voudrais l'interroger sur la lettre qu'il a écrite en Espagne, et savoir si elle peut être arrivée à présent. Je voudrais avoir une idée juste du temps de ton départ, de celui que tu emploieras à faire ton voyage, afin de fixer celui de mon bonheur. Une espérance fondée est un bien réel, mais, mon cher Aza, elle est bien plus chère quand on en voit le terme.

Aucun des plaisirs qui occupent la compagnie ne m'affecte ; ils sont trop bruyants pour mon âme ; je ne jouis plus de l'entretien de Céline. Tout occupée de son nouvel époux, à peine puis-je trouver quelques moments

---

1. *Exempt de* : dépourvu de.

pour lui rendre des devoirs d'amitié. Le reste de la compagnie ne m'est agréable qu'autant que je puis en tirer des lumières sur les différents objets de ma curiosité. Et
30 je n'en trouve pas toujours l'occasion. Ainsi, souvent seule au milieu du monde, je n'ai d'amusements que mes pensées : elles sont toutes à toi, cher ami de mon cœur ; tu seras à jamais le seul confident de mon âme, de mes plaisirs, et de mes peines.

Lettre **XXXI**

J'avais grand tort, mon cher Aza, de désirer si vivement un entretien avec Déterville. Hélas ! Il ne m'a que trop parlé ; quoique je désavoue le trouble qu'il a excité dans mon âme, il n'est point encore effacé.
5 Je ne sais quelle sorte d'impatience se joignit hier à l'ennui[1] que j'éprouve souvent. Le monde et le bruit me devinrent plus importuns qu'à l'ordinaire ; jusqu'à la tendre satisfaction de Céline et de son époux, tout ce que je voyais m'inspirait une indignation approchant du
10 mépris. Honteuse de trouver des sentiments si injustes dans mon cœur, j'allai cacher l'embarras qu'ils me causaient dans l'endroit le plus reculé du jardin.
À peine m'étais-je assise au pied d'un arbre, que des larmes involontaires coulèrent de mes yeux. Le visage
15 caché dans mes mains, j'étais ensevelie dans une rêverie si profonde, que Déterville était à genoux à côté de moi avant que je l'eusse aperçu.
Ne vous offensez pas, Zilia, me dit-il ; c'est le hasard qui m'a conduit à vos pieds, je ne vous cherchais pas.
20 Importuné du tumulte, je venais jouir en paix de ma douleur. Je vous ai aperçue, j'ai combattu avec moi-même

---

1. *Ennui* : tourment, chagrin, dégoût.

pour m'éloigner de vous, mais je suis trop malheureux
pour l'être sans relâche, par pitié pour moi je me suis
approché ; j'ai vu couler vos larmes, je n'ai plus été le
maître de mon cœur, cependant, si vous m'ordonnez de   25
vous fuir, je vous obéirai. Le pourrez-vous, Zilia ? Vous
suis-je odieux ? Non, lui dis-je ; au contraire, asseyez-vous,
je suis bien aise de trouver une occasion de m'expliquer.
Depuis vos derniers bienfaits… N'en parlons point, interrompit-il vivement. Attendez, repris-je en l'interrompant   30
à mon tour, pour être tout à fait généreux, il faut se prêter à la reconnaissance ; je ne vous ai point parlé depuis
que vous m'avez rendu les précieux ornements du
temple où j'ai été élevée. Peut-être en vous écrivant ai-je
mal exprimé les sentiments qu'un tel excès de bonté   35
m'inspirait ; je veux… Hélas ! interrompit-il encore, que
la reconnaissance est peu flatteuse pour un cœur malheureux ! Compagne de l'indifférence, elle ne s'allie que
trop souvent avec la haine.

136

Qu'osez-vous penser ? m'écriai-je : ah ! Déterville,   40
combien j'aurais de reproches à vous faire, si vous n'étiez
pas tant à plaindre ! Bien loin de vous haïr, dès le premier
moment où je vous ai vu, j'ai senti moins de répugnance
à dépendre de vous que des Espagnols. Votre douceur et
votre bonté me firent désirer dès lors de gagner votre   45
amitié. À mesure que j'ai démêlé votre caractère, je me
suis confirmée dans l'idée que vous méritiez toute la
mienne, et, sans parler des extrêmes obligations que je
vous ai, puisque ma reconnaissance vous blesse, comment aurais-je pu me défendre des sentiments qui vous   50
sont dus ?

Je n'ai trouvé que vos vertus dignes de la simplicité des
nôtres. Un fils du Soleil s'honorerait de vos sentiments ;
votre raison est presque celle de la nature ; combien de
motifs pour vous chérir ! Jusqu'à la noblesse de votre   55
figure, tout me plaît en vous : l'amitié a des yeux aussi
bien que l'amour. Autrefois, après un moment d'absence,
je ne vous voyais pas revenir sans qu'une sorte de sérénité

ne se répandît dans mon cœur; pourquoi avez-vous changé ces innocents plaisirs en peines et en contraintes?

Votre raison ne paraît plus qu'avec effort; j'en crains sans cesse les écarts. Les sentiments dont vous m'entretenez gênent l'expression des miens; ils me privent du plaisir de vous peindre sans détour les charmes que je goûterais dans votre amitié, si vous n'en troubliez la douceur. Vous m'ôtez jusqu'à la volupté délicate de regarder mon bienfaiteur; vos yeux embarrassent les miens, je n'y remarque plus cette agréable tranquillité qui passait quelquefois jusqu'à mon âme : je n'y trouve plus qu'une morne douleur qui me reproche sans cesse d'en être la cause. Ah! Déterville, que vous êtes injuste, si vous croyez souffrir seul!

Ma chère Zilia, s'écria-t-il en me baisant la main avec ardeur, que vos bontés et votre franchise redoublent mes regrets! Quel trésor que la possession d'un cœur tel que le vôtre! Mais avec quel désespoir vous m'en faites sentir la perte! Puissante Zilia, continua-t-il, quel pouvoir est le vôtre! N'était-ce point assez de me faire passer de la profonde indifférence à l'amour excessif, de l'indolence[1] à la fureur, faut-il encore vaincre des sentiments que vous avez fait naître? Le pourrai-je? Oui, lui dis-je, cet effort est digne de vous, de votre cœur. Cette action juste vous élève au-dessus des mortels. Mais pourrai-je y survivre? reprit-il douloureusement : n'espérez pas au moins que je serve de victime au triomphe de votre amant; j'irai loin de vous adorer votre idée[2]; elle sera la nourriture amère de mon cœur : je vous aimerai, et je ne vous verrai plus! Ah! Du moins ne m'oubliez pas...

Les sanglots étouffèrent sa voix; il se hâta de cacher les larmes qui couvraient son visage; j'en répandais moi-même. Aussi touchée de sa générosité que de sa douleur, je pris une de ses mains que je serrai dans les miennes :

137

---

1. *Indolence* : mollesse, langueur.
2. *Idée* : ici, le souvenir que j'ai de vous.

non, lui dis-je, vous ne partirez point. Laissez-moi, mon ami ; contentez-vous des sentiments que j'aurai toute ma vie pour vous ; je vous aime presque autant que j'aime Aza, mais je ne puis jamais vous aimer comme lui.

Cruelle Zilia ! s'écria-t-il avec transport, accompagnerez-vous toujours vos bontés des coups les plus sensibles ? Un mortel poison détruira-t-il sans cesse le charme[1] que vous répandez sur vos paroles ? Que je suis insensé de me livrer à leur douceur ! Dans quel honteux abaissement je me plonge ! C'en est fait, je me rends à moi-même, ajouta-t-il d'un ton ferme ; adieu, vous verrez bientôt Aza. Puisse-t-il ne pas vous faire éprouver les tourments qui me dévorent ! Puisse-t-il être tel que vous le désirez, et digne de votre cœur !

Quelles alarmes, mon cher Aza, l'air dont il prononça ces dernières paroles ne jeta-t-il pas dans mon âme ! Je ne pus me défendre des soupçons qui se présentèrent en foule à mon esprit. Je ne doutai pas que Déterville ne fût mieux instruit qu'il ne voulait le paraître ; qu'il ne m'eût caché quelques lettres qu'il pouvait avoir reçues d'Espagne ; enfin, oserai-je le prononcer, que tu ne fusses infidèle.

Je lui demandai la vérité avec les dernières instances : tout ce que je pus tirer de lui ne fut que des conjectures vagues, aussi propres à confirmer qu'à détruire mes craintes. Cependant les réflexions qu'il fit sur l'inconstance des hommes, sur les dangers de l'absence, et sur la légèreté avec laquelle tu avais changé de religion, jetèrent quelque trouble dans mon âme.

Pour la première fois ma tendresse me devint un sentiment pénible, pour la première fois je craignis de perdre ton cœur. Aza, s'il était vrai ! Si tu ne m'aimais plus, ah, que jamais un tel soupçon ne souille la pureté de mon cœur ! Non, je serais seule coupable, si je m'arrêtais un moment

138

---

1. *Charme* : sortilège.

à cette pensée, indigne de ma candeur[1], de ta vertu, de ta
constance. Non, c'est le désespoir qui a suggéré à
Déterville ces affreuses idées. Son trouble et son égare-
30 ment ne devaient-ils pas me rassurer? L'intérêt qui le faisait parler ne devait-il pas m'être suspect? Il me le fut, mon
cher Aza : mon chagrin se tourna tout entier contre lui ; je
le traitai durement, il me quitta désespéré. Aza ! je t'aime si
tendrement ! Non, jamais tu ne pourras m'oublier.

Lettre **XXXII**

Que ton voyage est long, mon cher Aza ! Que je désire
ardemment ton arrivée ! Le terme m'en paraît plus vague
que je ne l'avais encore envisagé ; et je me garde bien de
faire là-dessus aucune question à Déterville. Je ne puis lui
5 pardonner la mauvaise opinion qu'il a de ton cœur. Celle
que je prends du sien diminue beaucoup la pitié que
j'avais de ses peines et le regret d'être en quelque façon
séparée de lui.

Nous sommes à Paris depuis quinze jours ; je
10 demeure avec Céline dans la maison de son mari, assez
éloignée de celle de son frère pour n'être point obligée à
le voir à toute heure. Il vient souvent y manger ; mais
nous menons une vie si agitée, Céline et moi, qu'il n'a
pas le loisir de me parler en particulier.

15 Depuis notre retour nous employons une partie de la
journée au travail pénible de notre ajustement[2], et le
reste à ce qu'on appelle rendre des devoirs.

Ces deux occupations me paraîtraient aussi infruc-
tueuses qu'elles sont fatigantes, si la dernière ne me
20 procurait les moyens de m'instruire encore plus particu-

139

1. *Candeur* : innocence, pureté.
2. *Ajustement* : habillement.

lièrement des mœurs du pays. À mon arrivée en France, n'ayant aucune connaissance de la langue, je ne jugeais que sur les apparences. Lorsque je commençai à en faire usage, j'étais dans la maison religieuse : tu sais que j'y trouvais peu de secours pour mon instruction ; je n'ai vu à la campagne qu'une espèce de société particulière : c'est à présent que, répandue dans ce qu'on appelle le grand monde, je vois la nation entière, et que je puis l'examiner sans obstacle.

Les devoirs que nous rendons consistent à entrer en un jour dans le plus grand nombre de maisons qu'il est possible, pour y payer et y recevoir un tribut de louanges réciproques sur la beauté du visage et de la taille, sur l'excellence du goût et du choix des parures, et jamais sur les qualités de l'âme.

Je n'ai pas été longtemps sans m'apercevoir de la raison, qui fait prendre tant de peines, pour acquérir cet hommage frivole ; c'est qu'il faut nécessairement le recevoir en personne, encore n'est-il que bien momentané. Dès que l'on disparaît, il prend une autre forme. Les agréments que l'on trouvait à celle qui sort ne servent plus que de comparaison méprisante pour établir les perfections de celle qui arrive.

La censure[1] est le goût dominant des Français, comme l'inconséquence est le caractère de la nation. Leurs livres sont la critique générale des mœurs, et leur conversation celle de chaque particulier, pourvu néanmoins qu'ils soient absents : alors on dit librement tout le mal que l'on en pense, et quelquefois celui que l'on ne pense pas. Les plus gens de bien suivent la coutume ; on les distingue seulement à une certaine formule d'apologie[2] de leur franchise et de leur amour pour la vérité, au moyen de laquelle ils révèlent sans scrupule les défauts, les ridicules, et jusqu'aux vices de leurs amis.

1. *Censure* : critique, blâme.
2. *Apologie* : éloge.

Si la sincérité dont les Français font usage les uns envers les autres n'a point d'exception, de même leur confiance réciproque est sans bornes. Il ne faut ni éloquence pour se faire écouter, ni probité[1] pour se faire croire. Tout est dit, tout est reçu avec la même légèreté.

Ne crois pas pour cela, mon cher Aza, qu'en général les Français soient nés méchants, je serais plus injuste qu'eux, si je te laissais dans l'erreur.

Naturellement sensibles, touchés de la vertu, je n'en ai point vu qui écoutassent sans attendrissement le récit que l'on m'oblige souvent de faire de la droiture de nos cœurs, de la candeur de nos sentiments et de la simplicité de nos mœurs; s'ils vivaient parmi nous, ils deviendraient vertueux : l'exemple et la coutume sont les tyrans de leur conduite.

Tel qui pense bien d'un absent, en médit pour n'être pas méprisé de ceux qui l'écoutent : tel autre serait bon, humain, sans orgueil, s'il ne craignait d'être ridicule, et tel est ridicule par état, qui serait un modèle de perfection s'il osait hautement avoir du mérite.

Enfin, mon cher Aza, chez la plupart d'entre eux les vices sont artificiels comme les vertus, et la frivolité de leur caractère ne leur permet d'être qu'imparfaitement ce qu'ils sont. Tels à peu près que certains jouets de leur enfance, imitation informe des êtres pensants, ils ont du poids aux yeux, de la légèreté au tact, la surface coloriée, un intérieur informe, un prix apparent, aucune valeur réelle. Aussi ne sont-ils guère estimés par les autres nations que comme les jolies bagatelles le sont dans la société. Le bon sens sourit à leurs gentillesses, et les remet froidement à leur place.

Heureuse la nation qui n'a que la nature pour guide, la vérité pour principe, et la vertu pour mobile !

141

1. *Probité* : honnêteté.

Lettre **XXXIII**

Il n'est pas surprenant, mon cher Aza, que l'inconséquence soit une suite du caractère léger des Français; mais je ne puis assez m'étonner de ce qu'avec autant et plus de lumières qu'aucune autre nation, ils semblent ne pas apercevoir les contradictions choquantes que les étrangers remarquent en eux dès la première vue.

Parmi le grand nombre de celles qui me frappent tous les jours je n'en vois point de plus déshonorante pour leur esprit que leur façon de penser sur les femmes. Ils les respectent, mon cher Aza, et en même temps ils les méprisent avec un égal excès.

La première loi de leur politesse, ou, si tu veux, de leur vertu (car jusqu'ici je ne leur en ai guère découvert d'autres), regarde les femmes. L'homme du plus haut rang doit des égards à celle de la plus vile condition, il se couvrirait de honte et de ce qu'on appelle ridicule, s'il lui faisait quelque insulte personnelle. Et cependant l'homme le moins considérable, le moins estimé, peut tromper, trahir une femme de mérite, noircir sa réputation par des calomnies, sans craindre ni blâme ni punition.

Si je n'étais assurée que bientôt tu pourras en juger par toi-même, oserais-je te peindre des contrastes que la simplicité de nos esprits peut à peine concevoir? Docile aux notions de la nature, notre génie ne va pas au-delà; nous avons trouvé que la force et le courage dans un sexe indiquaient qu'il devait être le soutien et le défenseur de l'autre; nos lois y sont conformes[1]. Ici, loin de compatir à la faiblesse des femmes, celles du peuple, accablées de travail, n'en sont soulagées ni par les lois ni par leurs maris; celles d'un rang plus élevé, jouets de la séduction ou de la méchanceté des hommes, n'ont, pour se dédom-

1. Les lois dispensaient les femmes de tout travail pénible. (NdA)

mager de leurs perfidies, que les dehors d'un respect purement imaginaire, toujours suivi de la plus mordante satire.

Je m'étais bien aperçue en entrant dans le monde que la censure habituelle de la nation tombait principalement sur les femmes, et que les hommes entre eux ne se méprisaient qu'avec ménagement : j'en cherchais la cause dans leurs bonnes qualités, lorsqu'un accident me l'a fait découvrir parmi leurs défauts.

Dans toutes les maisons où nous sommes entrées depuis deux jours on a raconté la mort d'un jeune homme tué par un de ses amis, et l'on approuvait cette action barbare, par la seule raison que le mort avait parlé au désavantage du vivant. Cette nouvelle extravagance me parut d'un caractère assez sérieux pour être approfondie. Je m'informai, et j'appris, mon cher Aza, qu'un homme est obligé d'exposer sa vie pour la ravir à un autre, s'il apprend que cet autre a tenu quelques discours contre lui; ou à se bannir de la société, s'il refuse de prendre une vengeance si cruelle. Il n'en fallut pas davantage pour m'ouvrir les yeux sur ce que je cherchais. Il est clair que les hommes naturellement lâches, sans honte et sans remords, ne craignent que les punitions corporelles, et que si les femmes étaient autorisées à punir les outrages qu'on leur fait de la même manière dont ils sont obligés de se venger de la plus légère insulte, tel, que l'on voit reçu et accueilli dans la société, ne le serait plus; ou, retiré dans un désert, il y cacherait sa honte et sa mauvaise foi. L'impudence[1] et l'effronterie dominent entièrement les jeunes hommes, surtout quand ils ne risquent rien. Le motif de leur conduite avec les femmes n'a pas besoin d'autre éclaircissement : mais je ne vois pas encore le fondement du mépris intérieur que je remarque pour elles presque dans tous les esprits; je ferai mes efforts pour le découvrir; mon

143

---

1. *Impudence* : insolence.

propre intérêt m'y engage. Ô mon cher Aza! quelle serait ma douleur, si à ton arrivée on te parlait de moi comme j'entends parler des autres!

Lettre XXXIV

Il m'a fallu beaucoup de temps, mon cher Aza, pour approfondir la cause du mépris que l'on a presque généralement ici pour les femmes. Enfin je crois l'avoir découverte dans le peu de rapport qu'il y a entre ce qu'elles sont et ce que l'on s'imagine qu'elles devraient être. On voudrait, comme ailleurs, qu'elles eussent du mérite et de la vertu. Mais il faudrait que la nature les fît ainsi; car l'éducation qu'on leur donne est si opposée à la fin qu'on se propose, qu'elle me paraît être le chef-d'œuvre de l'inconséquence française.

On sait au Pérou, mon cher Aza, que, pour préparer les humains à la pratique des vertus, il faut leur inspirer dès l'enfance un courage et une certaine fermeté d'âme qui leur forment un caractère décidé; on l'ignore en France. Dans le premier âge, les enfants ne paraissent destinés qu'au divertissement des parents et de ceux qui les gouvernent. Il semble que l'on veuille tirer un honteux avantage de leur incapacité à découvrir la vérité. On les trompe sur ce qu'ils ne voient pas. On leur donne des idées fausses de ce qui se présente à leurs sens, et l'on rit inhumainement de leurs erreurs; on augmente leur sensibilité et leur faiblesse naturelle par une puérile compassion pour les petits accidents qui leur arrivent : on oublie qu'ils doivent être des hommes.

Je ne sais quelles sont les suites de l'éducation qu'un père donne à son fils, je ne m'en suis pas informée. Mais je sais que, du moment que les filles commencent à être capables de recevoir des instructions, on les enferme dans une maison religieuse pour leur apprendre à vivre dans le monde ; que l'on confie le soin d'éclairer leur esprit à des personnes auxquelles on ferait peut-être un crime d'en avoir, et qui sont incapables de leur former le cœur, qu'elles ne connaissent pas.

Les principes de religion, si propres à servir de germe à toutes les vertus, ne sont appris que superficiellement et par mémoire. Les devoirs à l'égard de la divinité ne sont pas inspirés avec plus de méthode. Ils consistent dans de petites cérémonies d'un culte extérieur, exigées avec tant de sévérité, pratiquées avec tant d'ennui, que c'est le premier joug[1] dont on se défait en entrant dans le monde ; et si l'on en conserve encore quelques usages, à la manière dont on s'en acquitte, on croirait volontiers que ce n'est qu'une espèce de politesse que l'on rend par habitude à la divinité.

D'ailleurs rien ne remplace les premiers fondements d'une éducation mal dirigée. On ne connaît presque point en France le respect pour soi-même, dont on prend tant de soin de remplir le cœur de nos jeunes Vierges. Ce sentiment généreux qui nous rend les juges les plus sévères de nos actions et de nos pensées, qui devient un principe sûr quand il est bien senti, n'est ici d'aucune ressource pour les femmes. Au peu de soin que l'on prend de leur âme, on serait tenté de croire que les Français sont dans l'erreur de certains peuples barbares qui leur en refusent une.

Régler les mouvements du corps, arranger ceux du visage, composer l'extérieur, sont les points essentiels de l'éducation. C'est sur les attitudes plus ou moins gênantes de leurs filles que les parents se glorifient de les avoir bien élevées. Ils leur recommandent de se pénétrer de confusion pour une faute commise contre la bonne grâce : ils ne leur disent pas que la contenance honnête n'est qu'une hypocrisie, si elle n'est l'effet de l'honnêteté

_____

1. *Joug* : contrainte.

de l'âme. On excite sans cesse en elles ce méprisable amour-propre, qui n'a d'effet que sur les agréments extérieurs. On ne leur fait pas connaître celui qui forme le mérite, et qui n'est satisfait que par l'estime. On borne la seule idée qu'on leur donne de l'honneur à n'avoir point d'amants, en leur présentant sans cesse la certitude de plaire pour récompense de la gêne et de la contrainte qu'on leur impose. Et le temps le plus précieux pour former l'esprit est employé à acquérir des talents imparfaits, dont on fait peu d'usage dans la jeunesse, et qui deviennent ridicules dans un âge plus avancé.

Mais ce n'est pas tout, mon cher Aza, l'inconséquence des Français n'a point de bornes. Avec de tels principes ils attendent de leurs femmes la pratique des vertus qu'ils ne leur font pas connaître, ils ne leur donnent pas même une idée juste des termes qui les désignent. Je tire tous les jours plus d'éclaircissement qu'il ne m'en faut là-dessus dans les entretiens que j'ai avec de jeunes personnes, dont l'ignorance ne me cause pas moins d'étonnement que tout ce que j'ai vu jusqu'ici.

Si je leur parle de sentiments, elles se défendent d'en avoir, parce qu'elles ne connaissent que celui de l'amour. Elles n'entendent par le mot de bonté que la compassion naturelle que l'on éprouve à la vue d'un être souffrant ; et j'ai même remarqué qu'elles en sont plus affectées pour des animaux que pour des humains ; mais cette bonté tendre, réfléchie, qui fait faire le bien avec noblesse et discernement, qui porte à l'indulgence et à l'humanité, leur est totalement inconnue. Elles croient avoir rempli toute l'étendue des devoirs de la discrétion en ne révélant qu'à quelques amies les secrets frivoles qu'elles ont surpris ou qu'on leur a confiés. Mais elles n'ont aucune idée de cette discrétion circonspecte[1], délicate et nécessaire pour n'être point à charge, pour ne blesser personne, et pour maintenir la paix dans la société.

1. *Circonspecte* : réservée, prudente.

Si j'essaie de leur expliquer ce que j'entends par la modération, sans laquelle les vertus mêmes sont presque des vices; si je parle de l'honnêteté des mœurs, de l'équité à l'égard des inférieurs, si peu pratiquée en France, et de la fermeté à mépriser et à fuir les vicieux de qualité[1], je remarque à leur embarras qu'elles me soupçonnent de parler la langue péruvienne, et que la seule politesse les engage à feindre de m'entendre.

Elles ne sont pas mieux instruites sur la connaissance du monde, des hommes et de la société. Elles ignorent jusqu'à l'usage de leur langue naturelle; il est rare qu'elles la parlent correctement, et je ne m'aperçois pas sans une extrême surprise que je suis à présent plus savante qu'elles à cet égard.

C'est dans cette ignorance que l'on marie les filles, à peine sorties de l'enfance. Dès lors il semble, au peu d'intérêt que les parents prennent à leur conduite, qu'elles ne leur appartiennent plus. La plupart des maris ne s'en occupent pas davantage. Il serait encore temps de réparer les défauts de la première éducation; on n'en prend pas la peine.

Une jeune femme, libre dans son appartement, y reçoit sans contrainte les compagnies[2] qui lui plaisent. Ses occupations sont ordinairement puériles, toujours inutiles, et peut-être au-dessous de l'oisiveté. On entretient son esprit tout au moins de frivolités malignes[3] ou insipides, plus propres à la rendre méprisable que la stupidité même. Sans confiance en elle, son mari ne cherche point à la former au soin de ses affaires, de sa famille et de sa maison. Elle ne participe au tout de ce petit univers que par la représentation. C'est une figure d'ornement pour amuser les curieux; aussi, pour peu que l'humeur impérieuse se joigne au goût de la dissipa-

---

1. *Les vicieux de qualité* : ceux qui sont vicieux.
2. *Compagnies* : ceux qui tiennent compagnie.
3. *Malignes* : nuisibles.

tion, elle donne dans tous les travers, passe rapidement de l'indépendance à la licence[1], et bientôt elle arrache le mépris et l'indignation des hommes malgré leur penchant et leur intérêt à tolérer les vices de la jeunesse en faveur de ses agréments.

Quoique je te dise la vérité avec toute la sincérité de mon cœur, mon cher Aza, garde-toi bien de croire qu'il n'y ait point ici de femmes de mérite. Il en est d'assez heureusement nées pour se donner à elles-mêmes ce que l'éducation leur refuse. L'attachement à leurs devoirs, la décence de leurs mœurs et les agréments honnêtes de leur esprit attirent sur elles l'estime de tout le monde. Mais le nombre de celles-là est si borné en comparaison de la multitude, qu'elles sont connues et révérées par leur propre nom. Ne crois pas non plus que le dérangement de la conduite des autres vienne de leur mauvais naturel. En général, il me semble que les femmes naissent ici, bien plus communément que chez nous, avec toutes les dispositions nécessaires pour égaler les hommes en mérite et en vertus. Mais, comme s'ils en convenaient au fond de leur cœur, et que leur orgueil ne pût supporter cette égalité, ils contribuent en toute manière à les rendre méprisables, soit en manquant de considération pour les leurs, soit en séduisant celles des autres.

Quand tu sauras qu'ici l'autorité est entièrement du côté des hommes, tu ne douteras pas, mon cher Aza, qu'ils ne soient responsables de tous les désordres de la société. Ceux qui par une lâche indifférence laissent suivre à leurs femmes le goût qui les perd, sans être les plus coupables, ne sont pas les moins dignes d'être méprisés ; mais on ne fait pas assez d'attention à ceux qui, par l'exemple d'une conduite vicieuse et indécente, entraînent leurs femmes dans le dérèglement, ou par dépit, ou par vengeance.

---

1. *Licence* : trop grande liberté, débauche.

Et en effet, mon cher Aza, comment ne seraient-elles pas révoltées contre l'injustice des lois qui tolèrent l'impunité[1] des hommes, poussée au même excès que leur autorité? Un mari, sans craindre aucune punition, peut avoir pour sa femme les manières les plus rebutantes, il peut dissiper en prodigalités aussi criminelles qu'excessives non seulement son bien, celui de ses enfants, mais même celui de la victime qu'il fait gémir presque dans l'indigence par une avarice pour les dépenses honnêtes, qui s'allie très communément ici avec la prodigalité. Il est autorisé à punir rigoureusement l'apparence d'une légère infidélité en se livrant sans honte à toutes celles que le libertinage lui suggère. Enfin, mon cher Aza, il semble qu'en France les liens du mariage ne soient réciproques qu'au moment de la célébration, et que dans la suite les femmes seules y doivent être assujetties.

Je pense et je sens que ce serait les honorer beaucoup que de les croire capables de conserver de l'amour pour leur mari malgré l'indifférence et les dégoûts dont la plupart sont accablées. Mais qui peut résister au mépris?

Le premier sentiment que la nature a mis en nous est le plaisir d'être, et nous le sentons plus vivement et par degrés à mesure que nous nous apercevons du cas que l'on fait de nous.

Le bonheur machinal du premier âge est d'être aimé de ses parents et accueilli des étrangers. Celui du reste de la vie est de sentir l'importance de notre être à proportion qu'il devient nécessaire au bonheur d'un autre. C'est toi, mon cher Aza, c'est ton amour extrême, c'est la franchise de nos cœurs, la sincérité de nos sentiments qui m'ont dévoilé les secrets de la nature et ceux de l'amour. L'amitié, ce sage et doux lien, devrait peut-être remplir tous nos vœux; mais elle partage sans crime et sans scrupule son affection entre plusieurs objets; l'amour, qui donne et qui exige une préférence exclusive, nous pré-

149

---

1. *Impunité*: absence de punition.

sente une idée si haute, si satisfaisante de notre être, qu'elle seule peut contenter l'avide ambition de primauté qui naît avec nous, qui se manifeste dans tous les âges, dans tous les temps, dans tous les états, et le goût naturel pour la propriété achève de déterminer notre penchant à l'amour.

Si la possession d'un meuble, d'un bijou, d'une terre est un des sentiments les plus agréables que nous éprouvions, quel doit être celui qui nous assure la possession d'un cœur, d'une âme, d'un être libre, indépendant, et qui se donne volontairement en échange du plaisir de posséder en nous les mêmes avantages!

S'il est donc vrai, mon cher Aza, que le désir dominant de nos cœurs soit celui d'être honoré en général et chéri de quelqu'un en particulier, conçois-tu par quelle inconséquence les Français peuvent espérer qu'une jeune femme accablée de l'indifférence offensante de son mari ne cherche pas à se soustraire à l'espèce d'anéantissement qu'on lui présente sous toutes sortes de formes? Imagines-tu qu'on puisse lui proposer de ne tenir à rien dans l'âge où les prétentions vont au-delà du mérite? Pourrais-tu comprendre sur quel fondement on exige d'elle la pratique des vertus dont les hommes se dispensent, en lui refusant les lumières et les principes nécessaires pour les pratiquer? Mais ce qui se conçoit encore moins, c'est que les parents et les maris se plaignent réciproquement du mépris qu'on a pour leurs femmes et leurs filles, et qu'ils en perpétuent la cause de race en race avec l'ignorance, l'incapacité et la mauvaise éducation.

Ô mon cher Aza! que les vices brillants d'une nation d'ailleurs si séduisante ne nous dégoûtent point de la naïve simplicité de nos mœurs! N'oublions jamais, toi, l'obligation où tu es d'être mon exemple, mon guide et mon soutien dans le chemin de la vertu; et moi, celle où je suis de conserver ton estime et ton amour en imitant mon modèle.

Lettre **XXXV**

Nos visites et nos fatigues, mon cher Aza, ne pouvaient se terminer plus agréablement. Quelle journée délicieuse j'ai passée hier ! Combien les nouvelles obligations que j'ai à Déterville et à sa sœur me sont agréables ! Mais combien elles me seront chères quand je pourrai les partager avec toi !

Après deux jours de repos, nous partîmes hier matin de Paris, Céline, son frère, son mari et moi, pour aller, disait-elle, rendre une visite à la meilleure de ses amies. Le voyage ne fut pas long ; nous arrivâmes de très bonne heure à une maison de campagne dont la situation et les approches me parurent admirables ; mais ce qui m'étonna en y entrant, fut d'en trouver toutes les portes ouvertes, et de n'y rencontrer personne.

Cette maison, trop belle pour être abandonnée, trop petite pour cacher le monde qui aurait dû l'habiter, me paraissait un enchantement. Cette pensée me divertit ; je demandai à Céline si nous étions chez une de ces fées dont elle m'avait fait lire les histoires, où la maîtresse du logis était invisible ainsi que les domestiques.

Vous la verrez, me répondit-elle, mais comme des affaires importantes l'appellent ailleurs pour toute la journée, elle m'a chargée de vous engager à faire les honneurs de chez elle pendant son absence. Mais, avant toutes choses, ajouta-t-elle, il faut que vous signiez le consentement que vous donnez sans doute à cette proposition. Ah ! volontiers, lui dis-je en me prêtant à la plaisanterie.

Je n'eus pas plus tôt prononcé ces paroles, que je vis entrer un homme vêtu de noir, qui tenait une écritoire et du papier déjà écrit ; il me le présenta, et j'y plaçai mon nom où l'on voulut.

Dans l'instant même parut un autre homme d'assez bonne mine, qui nous invita, selon la coutume, de passer

avec lui dans l'endroit où l'on mange. Nous y trouvâmes 35
une table servie avec autant de propreté[1] que de magnificence ; à peine étions-nous assis, qu'une musique charmante se fit entendre dans la chambre[2] voisine ; rien ne
manquait de tout ce qui peut rendre un repas agréable.
Déterville même semblait avoir oublié son chagrin pour 40
nous exciter à la joie : il me parlait en mille manières de
ses sentiments pour moi, mais toujours d'un ton flatteur,
sans plainte ni reproche.

Le jour était serein ; d'un commun accord nous réso-
lûmes de nous promener en sortant de table. Nous trou- 45
vâmes les jardins beaucoup plus étendus que la maison
ne semblait le promettre. L'art et la symétrie ne s'y faisaient admirer que pour rendre plus touchants les
charmes de la simple nature.

Nous bornâmes notre course dans un bois qui ter- 50
mine ce beau jardin ; assis tous quatre sur un gazon délicieux, nous vîmes venir à nous, d'un côté, une troupe de
paysans vêtus proprement à leur manière, précédés de
quelques instruments de musique, et de l'autre, une
troupe de jeunes filles vêtues de blanc, la tête ornée de 55
fleurs champêtres, qui chantaient d'une façon rustique,
mais mélodieuse, des chansons où j'entendis avec surprise que mon nom était souvent répété.

Mon étonnement fut bien plus fort lorsque, les deux
troupes nous ayant joints, je vis l'homme le plus apparent 60
quitter la sienne, mettre un genou en terre, et me présenter dans un grand bassin plusieurs clefs avec un compliment que mon trouble m'empêcha de bien entendre ;
je compris seulement qu'étant le chef des villageois de la
contrée, il venait me rendre hommage en qualité de leur 65
souveraine, et me présenter les clefs de la maison, dont
j'étais aussi la maîtresse.

---

1. *Propreté* : raffinement, élégance.
2. *Chambre* : salle, pièce.

Dès qu'il eut fini sa harangue[1], il se leva pour faire place à la plus jolie d'entre les jeunes filles. Elle vint me présenter une gerbe de fleurs, ornée de rubans, qu'elle accompagna aussi d'un petit discours à ma louange, dont elle s'acquitta de bonne grâce.

J'étais trop confuse, mon cher Aza, pour répondre à des éloges que je méritais si peu; d'ailleurs tout ce qui se passait avait un ton si approchant de celui de la vérité, que dans bien des moments je ne pouvais me défendre de croire ce que, néanmoins, je trouvais incroyable. Cette pensée en produisit une infinité d'autres : mon esprit était tellement occupé, qu'il me fut impossible de proférer une parole : si ma confusion était divertissante pour la compagnie, elle était si embarrassante pour moi, que Déterville en fut touché. Il fit un signe à sa sœur, elle se leva après avoir donné quelques pièces d'or aux paysans et aux jeunes filles, en leur disant que c'étaient les prémices[2] de mes bontés pour eux, elle me proposa de faire un tour de promenade dans le bois, je la suivis avec plaisir, comptant bien lui faire des reproches de l'embarras où elle m'avait mise; mais je n'en eus pas le temps. À peine avions-nous fait quelques pas qu'elle s'arrêta, et me regardant avec une mine riante : Avouez, Zilia, me dit-elle, que vous êtes bien fâchée contre nous, et que vous le serez bien davantage si je vous dis qu'il est très vrai que cette terre et cette maison vous appartiennent.

À moi, m'écriai-je! ah! Céline, est-ce là ce que vous m'aviez promis? Vous poussez trop loin l'outrage ou la plaisanterie. Attendez, me dit-elle plus sérieusement, si mon frère avait disposé de quelque partie de vos trésors pour en faire l'acquisition, et qu'au lieu des ennuyeuses formalités dont il s'est chargé, il ne vous eût réservé que la surprise, nous haïriez-vous bien fort? Ne pourriez-vous nous pardonner de vous avoir procuré, à tout événe-

---

1. *Harangue* : ici, discours.
2. *Prémices* : commencements.

ment[1], une demeure telle que vous avez paru l'aimer, et de vous avoir assuré une vie indépendante? Vous avez signé ce matin l'acte authentique qui vous met en possession de l'une et l'autre. Grondez-nous à présent tant qu'il vous plaira, ajouta-t-elle en riant, si rien de tout cela ne vous est agréable.

Ah! mon aimable amie! m'écriai-je en me jetant dans ses bras, je sens trop vivement des soins si généreux pour vous exprimer ma reconnaissance. Il ne me fut possible de prononcer que ce peu de mots; j'avais senti d'abord l'importance d'un tel service. Touchée, attendrie, transportée de joie en pensant au plaisir que j'aurais à te consacrer cette charmante demeure, la multitude de mes sentiments en étouffait l'expression. Je faisais à Céline des caresses qu'elle me rendait avec la même tendresse; et, après m'avoir donné le temps de me remettre, nous allâmes retrouver son frère et son mari.

Un nouveau trouble me saisit en abordant Déterville, et jeta un nouvel embarras dans mes expressions; je lui tendis la main; il la baisa sans proférer une parole, et se détourna pour cacher des larmes qu'il ne put retenir, et que je pris pour des signes de la satisfaction qu'il avait de me voir si contente; j'en fus attendrie jusqu'à en verser aussi quelques-unes. Le mari de Céline, moins intéressé que nous à ce qui se passait, remit bientôt la conversation sur le ton de plaisanterie; il me fit des compliments sur ma nouvelle dignité, et nous engagea à retourner à la maison, pour en examiner, disait-il, les défauts, et faire voir à Déterville que son goût n'était pas aussi sûr qu'il s'en flattait.

Te l'avouerai-je, mon cher Aza? Tout ce qui s'offrit à mon passage me parut prendre une nouvelle forme; les fleurs me semblaient plus belles, les arbres plus verts, la symétrie des jardins mieux ordonnée. Je trouvai la mai-

---

1. *À tout événement* : à tout hasard, quoi qu'il arrive.

son plus riante, les meubles plus riches; les moindres bagatelles m'étaient devenues intéressantes.

Je parcourus les appartements dans une ivresse de joie qui ne me permettait pas de rien examiner. Le seul endroit où je m'arrêtai fut une assez grande chambre entourée d'un grillage d'or, légèrement travaillé, qui renfermait une infinité de livres de toutes couleurs, de toutes formes, et d'une propreté admirable; j'étais dans un tel enchantement, que je croyais ne pouvoir les quitter sans les avoir tous lus. Céline m'en arracha, en me faisant souvenir d'une clef d'or que Déterville m'avait remise. Je m'en servis pour ouvrir précipitamment une porte que l'on me montra, et je restai immobile à la vue des magnificences qu'elle renfermait.

C'était un cabinet tout brillant de glaces et de peintures : les lambris[1], à fond vert, ornés de figures extrêmement bien dessinées, imitaient une partie des jeux et des cérémonies de la ville du Soleil, tels à peu près que je les avais dépeints à Déterville.

On y voyait nos Vierges représentées en mille endroits avec le même habillement que je portais en arrivant en France; on disait même qu'elles me ressemblaient.

Les ornements du temple que j'avais laissés dans la maison religieuse, soutenus par des pyramides dorées, ornaient tous les coins de ce magnifique cabinet. La figure du Soleil, suspendue au milieu d'un plafond peint des plus belles couleurs du ciel, achevait par son éclat d'embellir cette charmante solitude[2]; et des meubles commodes, assortis aux peintures, la rendaient délicieuse.

Déterville, profitant du silence où me retenaient ma surprise, ma joie et mon admiration, me dit en s'approchant de moi : Vous pourrez vous apercevoir, belle Zilia, que la chaise d'or ne se trouve point dans ce nouveau temple du Soleil; un pouvoir magique l'a transformée en

---

1. *Lambris* : revêtement en bois ou en marbre.
2. *Solitude* : lieu retiré, loin du monde et des hommes.

maison, en jardin, en terres. Si je n'ai pas employé ma 170
propre science à cette métamorphose, ce n'a pas été sans
regret ; mais il a fallu respecter votre délicatesse. Voici,
me dit-il en ouvrant une petite armoire pratiquée adroi-
tement dans le mur, voici les débris de l'opération
magique. En même temps il me fit voir une cassette rem- 175
plie de pièces d'or à l'usage de France. Ceci, vous le
savez, continua-t-il, n'est pas ce qui est le moins nécessaire parmi nous : j'ai cru devoir vous en conserver une
petite provision.

Je commençais à lui témoigner ma vive reconnais- 180
sance et l'admiration que me causaient des soins si pré-
venants, quand Céline m'interrompit, et m'entraîna
dans une chambre à côté du merveilleux cabinet. Je veux
aussi, me dit-elle, vous faire voir la puissance de mon art.
On ouvrit de grandes armoires remplies d'étoffes admi- 185
rables, de linge, d'ajustements, enfin de tout ce qui est à
l'usage des femmes, avec une telle abondance, que je ne
156 pus m'empêcher d'en rire et de demander à Céline combien d'années elle voulait que je vécusse pour employer
tant de belles choses. Autant que nous en vivrons mon 190
frère et moi, me répondit-elle : et moi, repris-je, je désire
que vous viviez l'un et l'autre autant que je vous aimerai,
et vous ne mourrez pas les premiers.

En achevant ces mots nous retournâmes dans le
temple du Soleil : c'est ainsi qu'ils nommèrent le mer- 195
veilleux cabinet. J'eus enfin la liberté de parler ; j'exprimai comme je le sentais les sentiments dont j'étais
pénétrée. Quelle bonté ! que de vertus dans les procédés
du frère et de la sœur !

Nous passâmes le reste du jour dans les délices de la 200
confiance et de l'amitié ; je leur fis les honneurs du souper [1] encore plus gaiement que je n'avais fait ceux du
dîner [2]. J'ordonnais librement à des domestiques que je

---

1. *Souper* : repas du soir.

2. *Dîner* : repas de midi, déjeuner.

savais être à moi; je badinais[1] sur mon autorité et mon
205 opulence; je fis tout ce qui dépendait de moi pour
rendre agréables à mes bienfaiteurs leurs propres bienfaits.

Je crus cependant m'apercevoir qu'à mesure que le
temps s'écoulait Déterville retombait dans sa mélancolie,
210 et même qu'il échappait de temps en temps des larmes à
Céline; mais l'un et l'autre reprenaient si promptement
un air serein, que je crus m'être trompée.

Je fis mes efforts pour les engager à jouir quelques
jours avec moi du bonheur qu'ils me procuraient. Je ne
215 pus l'obtenir; nous sommes revenus cette nuit, en nous
promettant de retourner incessamment dans mon palais
enchanté.

Ô mon cher Aza! quelle sera ma félicité quand je
pourrai l'habiter avec toi!

Lettre XXXVI

La tristesse de Déterville et de sa sœur, mon cher Aza,
n'a fait qu'augmenter depuis notre retour de mon palais
enchanté : ils me sont trop chers l'un et l'autre pour ne
m'être pas empressée à leur en demander le motif; mais,
5 voyant qu'ils s'obstinaient à me le taire, je n'ai plus douté
que quelque nouveau malheur n'ait traversé ton voyage,
et bientôt mon inquiétude a surpassé leur chagrin. Je
n'en ai pas dissimulé la cause, et mes amis ne l'ont pas
laissée durer longtemps.

10 Déterville m'a avoué qu'il avait résolu de me cacher
le jour de ton arrivée, afin de me surprendre; mais que
mon inquiétude lui faisait abandonner son dessein. En
effet, il m'a montré une lettre du guide qu'il t'a fait donner, et, par le calcul du temps et du lieu où elle a été

---

1. *Badinais* : jouais, plaisantais.

écrite, il m'a fait comprendre que tu peux être ici aujour- 15
d'hui, demain, dans ce moment même ; enfin qu'il n'y a
plus de temps à mesurer jusqu'à celui qui comblera tous
mes vœux.

Cette première confidence faite, Déterville n'a plus
hésité de me dire tout le reste de ses arrangements. Il m'a 20
fait voir l'appartement qu'il te destine : tu logeras ici jusqu'à ce qu'unis ensemble, la décence nous permette d'habiter mon délicieux château. Je ne te perdrai plus de vue,
rien ne nous séparera ; Déterville a pourvu à tout, et m'a
convaincue plus que jamais de l'excès de sa générosité. 25

Après cet éclaircissement, je ne cherche plus d'autre
cause à la tristesse qui le dévore que ta prochaine arrivée.
Je le plains : je compatis à sa douleur, je lui souhaite un
bonheur qui ne dépende point de mes sentiments, et qui
soit une digne récompense de sa vertu. 30

Je dissimule même une partie des transports de ma
joie pour ne pas irriter sa peine. C'est tout ce que je puis
158 faire ; mais je suis trop occupée de mon bonheur pour le
renfermer entièrement : ainsi, quoique je te croie fort
près de moi, que je tressaille au moindre bruit, que j'in- 35
terrompe ma lettre presque à chaque mot pour courir à la
fenêtre, je ne laisse pas de continuer à t'écrire ; il faut ce
soulagement au transport de mon cœur. Tu es plus près
de moi, il est vrai ; mais ton absence en est-elle moins
réelle que si les mers nous séparaient encore ? Je ne te vois 40
point, tu ne peux m'entendre : pourquoi cesserais-je de
m'entretenir avec toi de la seule façon dont je puis le
faire ? Encore un moment, et je te verrai ; mais ce moment
n'existe point. Eh ! puis-je mieux employer ce qui me
reste de ton absence qu'en te peignant la vivacité de ma 45
tendresse ? Hélas ! tu l'as vue toujours gémissante. Que ce
temps est loin de moi ! Avec quel transport il sera effacé
de mon souvenir ! Aza, cher Aza ! que ce nom est doux !
Bientôt je ne t'appellerai plus en vain ; tu m'entendras, tu
voleras à ma voix : les plus tendres expressions de mon 50
cœur seront la récompense de ton empressement...

Lettre **XXXVII**

Au chevalier Déterville
À Malte

Avez-vous pu, monsieur, prévoir sans remords le chagrin mortel que vous deviez joindre au bonheur que vous
me prépariez? Comment avez-vous eu la cruauté de faire
précéder votre départ par des circonstances si agréables,
par des motifs de reconnaissance si pressants, à moins
que ce ne fût pour me rendre plus sensible à votre désespoir et à votre absence? Comblée il y a deux jours des
douceurs de l'amitié, j'en éprouve aujourd'hui les peines
les plus amères.

Céline, tout affligée qu'elle est, n'a que trop bien exé-
cuté vos ordres. Elle m'a présenté Aza d'une main, et de
l'autre votre cruelle lettre. Au comble de mes vœux, la
douleur s'est fait sentir dans mon âme; en retrouvant l'objet de ma tendresse, je n'ai point oublié que je perdais
celui de tous mes autres sentiments. Ah! Déterville, que
pour cette fois votre bonté est inhumaine! Mais n'espérez
pas exécuter jusqu'à la fin vos injustes résolutions. Non, la
mer ne vous séparera pas à jamais de tout ce qui vous est
cher; vous entendrez prononcer mon nom, vous recevrez
mes lettres, vous écouterez mes prières; le sang et l'amitié
reprendront leurs droits sur votre cœur; vous vous rendrez
à une famille à laquelle je suis responsable de votre perte.

Quoi! Pour récompense de tant de bienfaits, j'empoi-
sonnerais vos jours et ceux de votre sœur! je romprais une
si tendre union! je porterais le désespoir dans vos cœurs,
même en jouissant encore des effets de vos bontés! Non,
ne le croyez pas : je ne me vois qu'avec horreur dans une
maison que je remplis de deuil; je reconnais vos soins au
bon traitement que je reçois de Céline au moment même
où je lui pardonnerais de me haïr; mais, quels qu'ils
soient, j'y renonce, et je m'éloigne pour jamais des lieux
que je ne puis souffrir, si vous n'y revenez. Mais que vous
êtes aveugle, Déterville! Quelle erreur vous entraîne dans

159

un dessein si contraire à vos vues? Vous vouliez me rendre heureuse, vous ne me rendez que coupable; vous vouliez sécher mes larmes, vous les faites couler, et vous perdez par votre éloignement le fruit de votre sacrifice.

Hélas! peut-être n'auriez-vous trouvé que trop de douceur dans cette entrevue que vous avez crue si redoutable pour vous? Cet Aza, l'objet de tant d'amour, n'est plus le même Aza que je vous ai peint avec des couleurs si tendres. Le froid de son abord, l'éloge des Espagnols, dont cent fois il a interrompu les doux épanchements de mon âme, l'indifférence offensante avec laquelle il se propose de ne faire en France qu'un séjour de peu de durée, la curiosité qui l'entraîne loin de moi à ce moment même : tout me fait craindre des maux dont mon cœur frémit. Ah, Déterville! peut-être ne serez-vous pas longtemps le plus malheureux.

Si la pitié de vous-même ne peut rien sur vous, que les devoirs de l'amitié vous ramènent; elle est le seul asile de l'amour infortuné. Si les maux que je redoute allaient m'accabler, quels reproches n'auriez-vous pas à vous faire? Si vous m'abandonnez, où trouverai-je des cœurs sensibles à mes peines? La générosité, jusqu'ici la plus forte de vos passions, céderait-elle à l'amour mécontent? Non, je ne puis le croire; cette faiblesse serait indigne de vous; vous êtes incapable de vous y livrer; mais venez m'en convaincre, si vous aimez votre gloire[1] et mon repos.

Lettre XXXVIII

Au chevalier Déterville
À Malte

Si vous n'étiez pas la plus noble des créatures, Monsieur, je serais la plus humiliée; si vous n'aviez l'âme la plus humaine, le cœur le plus compatissant, serait-ce à

---

1. *Gloire* : honneur.

vous que je ferais l'aveu de ma honte et de mon désespoir? Mais, hélas! que me reste-t-il à craindre? qu'ai-je à
ménager? Tout est perdu pour moi!

Ce n'est plus la perte de ma liberté, de mon rang, de
ma patrie, que je regrette; ce ne sont plus les inquiétudes
d'une tendresse innocente qui m'arrachent des pleurs;
c'est la bonne foi violée, c'est l'amour méprisé, qui déchirent mon âme. Aza est infidèle!

Aza infidèle! Que ces funestes mots ont de pouvoir sur
mon âme... mon sang se glace... un torrent de larmes...

J'appris des Espagnols à connaître les malheurs; mais
le dernier de leurs coups est le plus sensible : ce sont eux
qui m'enlèvent le cœur d'Aza; c'est leur cruelle religion
qui autorise le crime qu'il commet; elle approuve, elle
ordonne l'infidélité, la perfidie, l'ingratitude; mais elle
défend l'amour de ses proches. Si j'étais étrangère,
inconnue, Aza pourrait m'aimer : unis par les liens du
sang, il doit m'abandonner, m'ôter la vie sans honte, sans
regret, sans remords.

Hélas! toute bizarre qu'est cette religion, s'il n'avait
fallu que l'embrasser pour retrouver le bien qu'elle m'arrache, j'aurais soumis mon esprit à ses illusions. Dans
l'amertume de mon âme, j'ai demandé d'être instruite;
mes pleurs n'ont point été écoutés. Je ne puis être
admise dans une société si pure sans abandonner le
motif qui me détermine, sans renoncer à ma tendresse,
c'est-à-dire sans changer mon existence.

Je l'avoue, cette extrême sévérité me frappe autant
qu'elle me révolte, je ne puis refuser une sorte de vénération à des lois qui, dans toute autre chose, me paraissent si pures et si sages; mais est-il en mon pouvoir de les
adopter? Et quand je les adopterais, quel avantage m'en
reviendrait-il? Aza ne m'aime plus! ah! malheureuse...

Le cruel Aza n'a conservé de la candeur de nos
mœurs que le respect pour la vérité, dont il fait un si
funeste usage. Séduit par les charmes d'une jeune
Espagnole, prêt à s'unir à elle, il n'a consenti à venir en

France que pour se dégager de la foi qu'il m'avait jurée ; que pour ne me laisser aucun doute sur ses sentiments ; que pour me rendre une liberté que je déteste ; que pour m'ôter la vie.

Oui, c'est en vain qu'il me rend à moi-même ; mon cœur est à lui, il y sera jusqu'à la mort. 45

Ma vie lui appartient : qu'il me la ravisse, et qu'il m'aime…

Vous saviez mon malheur ; pourquoi ne me l'avez-vous éclairci qu'à demi ? Pourquoi ne me laissâtes-vous entrevoir que des soupçons qui me rendirent injuste à 50 votre égard ? Eh, pourquoi vous en fais-je un crime ? Je ne vous aurais pas cru ; aveugle, prévenue, j'aurais été moi-même au-devant de ma funeste destinée, j'aurais conduit sa victime à ma rivale, je serais à présent… Ô Dieux ! sau- 55 vez-moi cette horrible image !…

Déterville, trop généreux ami ! suis-je digne d'être écoutée ? Oubliez mon injustice ; plaignez une malheureuse dont l'estime pour vous est encore au-dessus de sa faiblesse pour un ingrat. 60

Lettre **XXXIX**

Au chevalier Déterville
À Malte

Puisque vous vous plaignez de moi, Monsieur, vous ignorez l'état dont les cruels soins de Céline viennent de me tirer. Comment vous aurais-je écrit ? Je ne pensais plus. S'il m'était resté quelque sentiment, sans doute la confiance en vous en eût été un ; mais, environnée des 5 ombres de la mort, le sang glacé dans les veines, j'ai longtemps ignoré ma propre existence ; j'avais oublié jusqu'à mon malheur. Ah, Dieux ! pourquoi, en me rappelant à la vie, m'a-t-on rappelée à ce funeste souvenir !

Il est parti ! je ne le verrai plus ! il me fuit, il ne 10 m'aime plus ! il me l'a dit : tout est fini pour moi. Il prend

une autre épouse, il m'abandonne; l'honneur l'y condamne. Eh bien, cruel Aza, puisque le fantastique honneur de l'Europe a des charmes pour toi, que n'imi-
15 tais-tu aussi l'art qui l'accompagne!

Heureuses Françaises! On vous trahit; mais vous jouissez longtemps d'une erreur qui ferait à présent tout mon bien. La dissimulation vous prépare au coup mortel qui me tue. Funeste sincérité de ma nation, vous pouvez
20 donc cesser d'être une vertu! Courage, fermeté, vous êtes donc des crimes quand l'occasion le veut?

Tu m'as vue à tes pieds, barbare Aza; tu les as vus baignés de mes larmes, et ta fuite… Moment horrible! Pourquoi ton souvenir ne m'arrache-t-il pas la vie?
25 Si mon corps n'eût succombé sous l'effort de la douleur, Aza ne triompherait pas de ma faiblesse… Tu ne serais pas parti seul! Je te suivrais, ingrat; je te verrais, je mourrais du moins à tes yeux.

Déterville! quelle faiblesse fatale vous a éloigné de moi?
30 Vous m'eussiez secourue; ce que n'a pu faire le désordre de mon désespoir, votre raison, capable de persuader, l'aurait obtenu; peut-être Aza serait encore ici. Mais, déjà arrivé en Espagne, au comble de ses vœux… Regrets inutiles! Désespoir infructueux!… Douleur, accable-moi.
35 Ne cherchez point, Monsieur, à surmonter les obstacles qui vous retiennent à Malte pour revenir ici. Qu'y feriez-vous? Fuyez une malheureuse qui ne sent plus les bontés que l'on a pour elle, qui s'en fait un supplice, qui ne veut que mourir.

Lettre XL

[Au chevalier Déterville]

Rassurez-vous, trop généreux ami, je n'ai pas voulu vous écrire que mes jours ne fussent en sûreté, et que, moins agitée, je ne puisse calmer vos inquiétudes. Je vis; le destin le veut, je me soumets à ses lois.

Les soins de votre aimable sœur m'ont rendu la santé, quelques retours de raison l'ont soutenue. La certitude que mon malheur est sans remède a fait le reste. Je sais qu'Aza est arrivé en Espagne, que son crime est consommé. Ma douleur n'est pas éteinte; mais la cause n'est plus digne de mes regrets : s'il en reste dans mon cœur, ils ne sont dus qu'aux peines que je vous ai causées, qu'à mes erreurs, qu'à l'égarement de ma raison.

Hélas! à mesure qu'elle m'éclaire je découvre son impuissance : que peut-elle sur une âme désolée? L'excès de la douleur nous rend la faiblesse de notre premier âge. Ainsi que dans l'enfance, les objets seuls ont du pouvoir sur nous, il semble que la vue soit le seul de nos sens qui ait une communication intime avec notre âme. J'en ai fait une cruelle expérience.

En sortant de la longue et accablante léthargie[1] où me plongea le départ d'Aza, le premier désir que m'inspira la nature fut de me retirer dans la solitude que je dois à votre prévoyante bonté : ce ne fut pas sans peine que j'obtins de Céline la permission de m'y faire conduire; j'y trouve des secours contre le désespoir que le monde et l'amitié même ne m'auraient jamais fournis. Dans la maison de votre sœur, ses discours consolants ne pouvaient prévaloir[2] sur les objets qui me retraçaient sans cesse la perfidie d'Aza.

La porte par laquelle Céline l'amena dans ma chambre le jour de votre départ et de son arrivée; le siège sur lequel il s'assit; la place où il m'annonça mon malheur, où il me rendit mes lettres, jusqu'à son ombre effacée d'un lambris où je l'avais vue se former, tout faisait chaque jour de nouvelles plaies à mon cœur.

Ici je ne vois rien qui ne me rappelle les idées agréables que j'y reçus à la première vue; je n'y retrouve que l'image de votre amitié et de celle de votre aimable sœur.

_____

1. *Léthargie* : torpeur.
2. *Prévaloir* : prédominer.

Si le souvenir d'Aza se présente à mon esprit, c'est sous
40 le même aspect où je le voyais alors. Je crois y attendre son
arrivée. Je me prête à cette illusion autant qu'elle m'est
agréable; si elle me quitte, je prends des livres. Je lis
d'abord avec effort, insensiblement de nouvelles idées
enveloppent l'affreuse vérité renfermée au fond de mon
45 cœur, et donnent à la fin quelque relâche à ma tristesse.

L'avouerai-je? les douceurs de la liberté se présentent
quelquefois à mon imagination; je les écoute. Environnée d'objets agréables, leur propriété a des charmes
que je m'efforce de goûter; de bonne foi avec moi-
50 même, je compte peu sur ma raison. Je me prête à mes
faiblesses; je ne combats celles de mon cœur qu'en
cédant à celles de mon esprit. Les maladies de l'âme ne
souffrent pas les remèdes violents.

Peut-être la fastueuse décence de votre nation ne per-
55 met-elle pas à mon âge l'indépendance et la solitude où je
vis; du moins, toutes les fois que Céline me vient voir, veut-
elle me le persuader; mais elle ne m'a pas encore donné
d'assez fortes raisons pour m'en convaincre : la véritable
décence est dans mon cœur. Ce n'est point au simulacre de
60 la vertu que je rends hommage, c'est à la vertu même. Je la
prendrai toujours pour juge et pour guide de mes actions.
Je lui consacre ma vie, et mon cœur à l'amitié. Hélas!
quand y régnera-t-elle sans partage et sans retour?

Lettre XLI

Au chevalier Déterville
À Paris

Je reçois presque en même temps, Monsieur, la nouvelle de votre départ de Malte et celle de votre arrivée à
Paris. Quelque plaisir que je me fasse de vous revoir, il ne
peut surmonter le chagrin que me cause le billet que
5 vous m'écrivez en arrivant.

Quoi ! Déterville, après avoir pris sur vous de dissimuler vos sentiments dans toutes vos lettres, après m'avoir
donné lieu d'espérer que je n'aurais plus à combattre
une passion qui m'afflige, vous vous livrez plus que
jamais à sa violence !   10

À quoi bon affecter une déférence[1] que vous démen-
tez au même instant ? Vous me demandez la permission
de me voir, vous m'assurez d'une soumission aveugle à
mes volontés, et vous vous efforcez de me convaincre des
sentiments qui y sont le plus opposés, qui m'offensent,   15
enfin que je n'approuverai jamais.

Mais puisqu'un faux espoir vous séduit, puisque vous
abusez de ma confiance et de l'état de mon âme, il faut
donc vous dire quelles sont mes résolutions, plus
inébranlables que les vôtres.   20

C'est en vain que vous vous flatteriez de faire prendre
à mon cœur de nouvelles chaînes. Ma bonne foi trahie
ne dégage pas mes serments ; plût au ciel qu'elle me fît
oublier l'ingrat ! Mais quand je l'oublierais, fidèle à moi-
même, je ne serai point parjure. Le cruel Aza abandonne 25
un bien qui lui fut cher ; ses droits sur moi n'en sont pas
moins sacrés : je ne puis guérir de ma passion, mais je
n'en aurai jamais que pour lui : tout ce que l'amitié inspire de sentiments est à vous, vous ne les partagerez avec
personne, je vous les dois. Je vous les promets ; j'y serai 30
fidèle : vous jouirez au même degré de ma confiance et
de ma sincérité ; l'une et l'autre seront sans bornes. Tout
ce que l'amour a développé dans mon cœur de sentiments vifs et délicats tournera au profit de l'amitié. Je
vous laisserai voir avec une égale franchise le regret de   35
n'être point née en France et mon penchant invincible
pour Aza ; le désir que j'aurais de vous devoir l'avantage
de penser, et mon éternelle reconnaissance pour celui
qui me l'a procuré. Nous lirons dans nos âmes : la
confiance sait aussi bien que l'amour donner de la rapi-   40

---

1. *Déférence* : respect.

dité au temps. Il est mille moyens de rendre l'amitié intéressante et d'en chasser l'ennui.

Vous me donnerez quelque connaissance de vos
sciences et de vos arts; vous goûterez le plaisir de la supé-
45 riorité; je la reprendrai en développant dans votre cœur
des vertus que vous n'y connaissez pas. Vous ornerez mon
esprit de ce qui peut le rendre amusant, vous jouirez de
votre ouvrage; je tâcherai de vous rendre agréables les
charmes naïfs de la simple amitié, et je me trouverai heu-
50 reuse d'y réussir.

Céline, en nous partageant sa tendresse, répandra
dans nos entretiens la gaieté qui pourrait y manquer :
que nous restera-t-il à désirer?

Vous craignez en vain que la solitude n'altère ma
55 santé. Croyez-moi, Déterville, elle ne devient jamais dan-
gereuse que par l'oisiveté. Toujours occupée, je saurai
me faire des plaisirs nouveaux de tout ce que l'habitude
rend insipide.

Sans approfondir les secrets de la nature, le simple   167
60 examen de ses merveilles n'est-il pas suffisant pour varier
et renouveler sans cesse des occupations toujours
agréables? La vie suffit-elle pour acquérir une connaissance non seulement légère, mais intéressante, de l'univers, de ce qui m'environne, de ma propre existence?

65 Le plaisir d'être; ce plaisir oublié, ignoré même de
tant d'aveugles humains; cette pensée si douce, ce bonheur si pur, *je suis, je vis, j'existe*, pourrait seul rendre heureux, si l'on s'en souvenait, si l'on en jouissait, si l'on en
connaissait le prix.

70 Venez, Déterville, venez apprendre de moi à économiser les ressources de notre âme et les bienfaits de la
nature. Renoncez aux sentiments tumultueux, destructeurs imperceptibles de notre être; venez apprendre à
connaître les plaisirs innocents et durables; venez en
75 jouir avec moi, vous trouverez dans mon cœur, dans mon
amitié, dans mes sentiments tout ce qui peut vous
dédommager de l'amour.

Petit glossaire de la civilisation inca

ACA : boisson des Indiens (lettre XXVII).

AMAUTAS : philosophes, savants (introduction historique; lettres II, X, XXI).

ANQUI : prince de sang (lettre XIV).

CACIQUE : chef, prince, doté d'un pouvoir politique et social (introduction historique; lettres IV, V, VII, VIII, IX, X, XI, XII, XIII, XIV, XV, XVI, XVII).

CAPA-INCA : voir INCA.

CHAQUI : messager (lettres I, III).

CHINA : servante, femme de chambre (lettres X, XI, XII, XIII, XIX, XXVII).

COYA-MAMA-OELLO-HUNCO : voir MAMA-OELLA.

CURACAS : petits souverains (introduction historique; lettres XI, XV).

CUSIPATAS : prêtres. Outre les fonctions religieuses, ils remplissaient celles de devin, de confesseur, de sorcier et de médecin (lettres II, XXI, XXII).

CUZCO : ancienne capitale et ville sacrée de l'Empire inca, situé à 3400 mètres d'altitude, dans une vallée des Andes orientales (lettres X, XXI).

HAMAS : animal; par ce mot, Zilia désigne un cheval (lettres III, XII).

HASAVEC : poètes (introduction historique).

INCA (ou CAPA-INCA) : souverain tout-puissant (introduction historique; lettres I, II, XIII, XV, XX, XXVII).

MAÏS : liqueur forte extraite d'une plante (introduction historique; lettre VII).

MAMA-OELLA : nom de l'épouse de Mancocapac. D'une manière générale, il désigne la reine, épouse de l'Inca (introduction historique; lettre XV).

MAMAS : femmes chargées de l'éducation des Vierges du Soleil (introduction historique; lettre I).

MANCOCAPAC : fondateur semi-légendaire de l'empire des Incas au XIᵉ siècle. Il instaura le culte du Soleil, civilisa la vallée du Cuzco en y introduisant l'agriculture et bâtit la ville de Cuzco (introduction historique; lettres V, XXI).

PACHACAMAC : étymologiquement, «celui qui anime la terre». Divinité considérée par les populations maritimes du Pérou comme le dieu suprême (introduction historique; lettres II, IV).

PALLAS : nom générique des princesses (lettres XI, XII, XIII, XIV).

QUIPOCAMAIOS : officiers publics (introduction historique).

QUIPOS (ou QUAPAS) : système de cordelettes à nœuds de diverses couleurs pour faire des comptes, évoquer des faits (introduction historique; lettres I, IV, V, XVI).

QUITU (ou QUITO) : deuxième centre de l'Empire inca, situé dans la Cordillère des Andes, dans l'actuel Équateur (lettre XIII).

RAYMI : principale fête du Soleil (introduction historique; lettre V).

TICAIVIRACOCHA : voir VIRACOCHA.

TISICACA (ou TITICACA) : lac actuellement partagé entre la Bolivie et le Pérou et qui constitue le plus grand pan d'eau des Andes (lettre XXI).

VIRACOCHA (ou TICAIVIRACOCHA) : étymologiquement, «l'écume». Dieu créateur, d'origine aquatique, rival de Pachacamac (introduction historique; lettres II, III).

YALPA : voir YALPOR.

YALPOR (ou YALPA) : dieu du tonnerre (introduction historique; lettres I, III).

Dossier

Des amours malheureuses

On a souvent rapproché les *Lettres d'une Péruvienne* de deux autres romans, les *Lettres portugaises* de Guilleragues (1669) et *La Princesse de Clèves* de Mme de Lafayette (1678).

Le premier se compose de cinq lettres qu'une jeune religieuse portugaise, Mariane, adresse à un officier français. Elle y exprime sa passion et son désespoir d'avoir été abandonnée par celui qu'elle aime. Le second a pour héroïne Mlle de Chartres qui, après avoir épousé le prince de Clèves, tombe éperdument amoureuse du duc de Nemours, mais résiste à sa passion et prouve sa fidélité au prince en lui avouant cet amour. Un temps rassuré par cet aveu, M. de Clèves est bientôt gagné par la jalousie et croit sa femme infidèle. Il meurt de chagrin, laissant Mme de Clèves en proie au désespoir et rongée par le remords. Les deux extraits qui suivent correspondent à l'*excipit* des deux œuvres.

Guilleragues, *Lettres portugaises* (1669)

Lettre V

[…] N'avez-vous jamais fait quelque réflexion sur la manière dont vous m'avez traitée ? Ne pensez-vous jamais que vous m'avez plus d'obligation qu'à personne du monde ? Je vous ai aimé comme une insensée ; que de mépris j'ai eu pour toutes choses ! Votre procédé n'est point d'un honnête homme ; il faut que vous ayez eu pour moi de l'aversion[1] naturelle, puisque vous ne m'avez pas aimée éperdument ; je me suis laissé enchanter par des qualités très médiocres : qu'avez-vous fait qui dût me plaire ? Quel sacrifice m'avez-vous fait ? N'avez-vous pas cherché mille autres plaisirs ? Avez-vous renoncé au jeu et à la chasse ? N'êtes-vous pas parti le premier pour aller à l'armée ? N'en êtes-vous pas revenu après tous les autres ? Vous vous y êtes exposé[2] follement, quoique je vous eusse prié de vous ménager pour l'amour de moi ; vous n'avez point cherché les moyens de

---

1. *Aversion* : répugnance, haine.
2. *Exposé* : mis en danger.

ous établir en Portugal, où vous étiez estimé ; une lettre de
otre frère vous en a fait partir, sans hésiter un moment ; et n'ai-
e pas su que, durant le voyage, vous avez été de la plus belle
umeur du monde ? Il faut avouer que je suis obligée à vous
aïr mortellement. Ah ! je me suis attirée tous mes malheurs : je
vous ai d'abord accoutumé à une grande passion avec trop de
bonne foi, et il faut de l'artifice pour se faire aimer ; il faut chercher avec quelque adresse les moyens d'enflammer, et l'amour
tout seul ne donne point de l'amour ; vous vouliez que je vous
aimasse, et comme vous aviez formé ce dessein, il n'y a rien que
vous n'eussiez fait pour y parvenir ; vous vous fussiez même
résolu à m'aimer s'il eût été nécessaire ; mais vous avez connu
que vous pouviez réussir dans votre entreprise sans passion, et
que vous n'en aviez aucun besoin. Quelle perfidie ! Croyez-vous
avoir pu impunément[1] me tromper ? Si quelque hasard vous
ramenait en ce pays, je vous déclare que je vous livrerais à la vengeance de mes parents. J'ai vécu longtemps dans un abandon-
nement et dans une idolâtrie[2] qui me donne de l'horreur, et
mon remords me persécute avec une rigueur insupportable ; je
sens vivement la honte des crimes que vous m'avez fait com-
mettre, et je n'ai plus, hélas ! la passion qui m'empêchait d'en
connaître l'énormité. Quand est-ce que mon cœur ne sera plus
déchiré ? quand est-ce que je serai délivrée de cet embarras
cruel ? Cependant je crois que je ne vous souhaite point de mal,
et que je me résoudrais à consentir que vous fussiez heureux ;
mais comment pourrez-vous l'être si vous avez le cœur bien
fait ? Je veux vous écrire une autre lettre, pour vous faire voir
que je serai peut-être plus tranquille dans quelque temps. Que
j'aurai de plaisir de pouvoir vous reprocher vos procédés
injustes après que je n'en serai plus si vivement touchée, et
lorsque je vous ferai connaître que je vous méprise, que je parle
avec beaucoup d'indifférence de votre trahison, que j'ai oublié
tous mes plaisirs et toutes mes douleurs, et que je ne me souviens de vous que lorsque je veux m'en souvenir ! Je demeure
d'accord que vous avez de grands avantages sur moi, et que vous
m'avez donné une passion qui m'a fait perdre la raison ; mais

---

1. *Impunément* : sans risque, sans inconvénient.
2. *Idolâtrie* : voir note 1, p. 72.

vous devez en tirer peu de vanité : j'étais jeune, j'étais crédule
on m'avait enfermée dans ce couvent depuis mon enfance, je
n'avais vu que des gens désagréables, je n'avais jamais entendu
les louanges que vous me donniez incessamment; il me sem
blait que je vous devais les charmes et la beauté que vous me
trouviez et dont vous me faisiez apercevoir, j'entendais dire du
bien de vous, tout le monde me parlait en votre faveur, vous faisiez tout ce qu'il fallait pour me donner de l'amour. Mais je suis
enfin revenue de cet enchantement, vous m'avez donné de
grands secours, et j'avoue que j'en avais un extrême besoin. En
vous renvoyant vos lettres, je garderai soigneusement les deux
dernières que vous m'avez écrites, et je les relirai encore plus
souvent que je n'ai lu les premières, afin de ne retomber plus
dans mes faiblesses. Ah! qu'elles me coûtent cher, et que j'aurais été heureuse si vous eussiez voulu souffrir que je vous eusse
toujours aimé! Je connais bien que je suis encore un peu trop
occupée de mes reproches et de votre infidélité, mais souvenez-
vous que je me suis promise un état plus paisible, et que j'y par-
viendrai, ou que je prendrai contre moi quelque résolution
extrême que vous apprendrez sans beaucoup de déplaisir; mais
je ne veux plus rien de vous, je suis une folle de redire les
mêmes choses si souvent, il faut vous quitter et ne penser plus à
vous, je crois même que je ne vous écrirai plus; suis-je obligée
de vous rendre un compte exact de tous mes divers mouvements?

Lettres portugaises, in Lettres portugaises,
Lettres d'une Péruvienne et autres romans d'amour
par lettres, éd. cit, p. 93-95.

Mme de Lafayette, *La Princesse de Clèves* (1678)

Cette vue si longue et si prochaine de la mort fit paraître à
Mme de Clèves les choses de cette vie de cet œil si différent[1]
dont on les voit dans la santé. La nécessité de mourir, dont elle
se voyait si proche, l'accoutuma à se détacher de toutes choses,
et la longueur de sa maladie lui en fit une habitude. Lorsqu'elle

---

1. Comprendre «si différent de celui».

evint de cet état, elle trouva néanmoins que M. de Nemours n'était pas effacé de son cœur; mais elle appela à son secours, pour se défendre contre lui, toutes les raisons qu'elle croyait avoir pour ne l'épouser jamais. Il se passa un assez grand combat en elle-même. Enfin, elle surmonta les restes de cette passion qui était affaiblie par les sentiments que sa maladie lui avait donnés. Les pensées de la mort lui avaient rapproché la mémoire de M. de Clèves. Ce souvenir, qui s'accordait à son devoir, s'imprima fortement dans son cœur. Les passions et les engagements du monde lui parurent tels qu'ils paraissent aux personnes qui ont des vues plus grandes et plus éloignées. Sa santé, qui demeura considérablement affaiblie, lui aida à conserver ses sentiments; mais comme elle connaissait ce que peuvent les occasions sur les résolutions les plus sages, elle ne voulut pas s'exposer à détruire les siennes, ni revenir dans les lieux où était ce qu'elle avait aimé. Elle se retira, sur le prétexte de changer d'air, dans une maison religieuse, sans faire paraître un dessein arrêté de renoncer à la cour.

À la première nouvelle qu'en eut M. de Nemours, il sentit le poids de cette retraite, et il en vit l'importance. Il crut, dans ce moment, qu'il n'avait plus rien à espérer; la perte de ses espérances ne l'empêcha pas de mettre tout en usage pour faire revenir Mme de Clèves. Il fit écrire la reine, il fit écrire le vidame[1], il l'y fit aller; mais tout fut inutile. Le vidame la vit : elle ne lui dit point qu'elle eût pris de résolution. Il jugea néanmoins qu'elle ne reviendrait jamais. Enfin M. de Nemours y alla lui-même, sur le prétexte d'aller à des bains[2]. Elle fut extrêmement troublée et surprise d'apprendre sa venue. Elle lui fit dire, par une personne de mérite qu'elle aimait et qu'elle avait alors auprès d'elle, qu'elle le priait de ne pas trouver étrange si elle ne s'exposait point au péril de le voir et de détruire, par sa présence, des sentiments qu'elle devait conserver; qu'elle voulait bien qu'il sût, qu'ayant trouvé que son devoir et son repos s'opposaient au penchant qu'elle avait d'être à lui, les autres choses du monde lui avaient paru si indifférentes qu'elle y avait

---

1. Il s'agit de l'oncle de la princesse de Clèves. Il est aussi un ami intime de M. de Nemours.
2. *Bains* : station thermale.

renoncé pour jamais, qu'elle ne pensait plus qu'à celles de l'autre vie et qu'il ne lui restait aucun sentiment que le désir de le voir dans les mêmes dispositions où elle était.

M. de Nemours pensa expirer de douleur en présence de celle qui lui parlait. Il la pria vingt fois de retourner à Mme de Clèves, afin de faire en sorte qu'il la vît ; mais cette personne lui dit que Mme de Clèves lui avait non seulement défendu de lui aller redire aucune chose de sa part, mais même de lui rendre compte de leur conversation. Il fallut enfin que ce prince repartît, aussi accablé de douleur que le pouvait être un homme qui perdait toutes sortes d'espérances de revoir jamais une personne qu'il aimait d'une passion la plus violente, la plus naturelle et la mieux fondée qui ait jamais été. Néanmoins il ne se rebuta point encore, et il fit tout ce qu'il put imaginer de capable de la faire changer de dessein. Enfin, des années entières s'étant passées, le temps et l'absence ralentirent sa douleur et éteignirent sa passion. Mme de Clèves vécut d'une sorte qui ne laissa pas d'apparence qu'elle pût jamais revenir. Elle passait une partie de l'année dans cette maison religieuse et l'autre chez elle ; mais dans une retraite et dans des occupations plus saintes que celles des couvents les plus austères ; et sa vie, qui fut assez courte, laissa des exemples de vertu inimitables.

La Princesse de Clèves, éd. Jean Mesnard,
GF-Flammarion, 1996, p. 237-239.

En quoi peut-on rapprocher ces deux dénouements de la fin du roman de Mme de Graffigny ? Sur quels points cependant diffèrent-ils profondément ?

Exercice de traduction

Bon nombre d'objets ou de réalités françaises ne sont pas connus de Zilia à son arrivée en Europe. À vous de les identifier à partir des périphrases ou des termes péruviens utilisés pour les désigner.

Horizontalement

A. «Pierres légères et d'un éclat surprenant dont on orne ici presque toutes les parties du corps» (lettre XV).

B. «Ingénieuse machine qui double les objets» (lettre XII).

C. «Petits outils d'un métal fort dur et d'une commodité singulière […], d'une forme tranchante, [qui] servent à diviser toutes sortes d'étoffes» (lettre XV).

D. «Liqueur rouge semblable au maïs» (lettre VII).

E. «Espèce de canne percée [qui] fait voir la terre dans un éloignement où […] [les] yeux n'auraient pu atteindre» (lettre VIII).

Verticalement

1. «Maison flottante» (lettre IX).

2. «Maison de Vierges» (lettre XIX).

3. «Petits outils d'un métal fort dur et d'une commodité singulière [qui] servent à composer des ouvrages» (lettre XV).

4. «Jouet […], imitation informe des êtres pensants» (lettre XXXII).

5. «Pallas» (récurrent dans les lettres).

6. «Cabane roulante» (lettre XII).

7. «Hamas» (lettre XII).

175

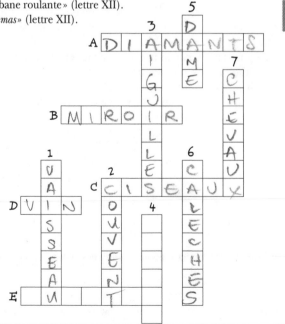

« Comment peut-on être Persan ? »

Dès l'avertissement, Mme de Graffigny revendique la filiation de son
œuvre romanesque avec celle de l'un de ses prédécesseurs illustres
Montesquieu, en citant l'une des phrases les plus célèbres des *Lettres
persanes* (1721) : « Comment peut-on être Persan ? » Cette phrase
appartient à la lettre XXX, reprodu :e ci-dessous.
Rica, désireux de connaître le monde, a quitté la Perse pour se
rendre en Europe. Il se retrouve ainsi à Paris et fait part de ses
observations à son ami Ibben, resté dans son pays.

Rica à Ibben, *à Smyrne.*

Les habitants de Paris sont d'une curiosité qui va jusqu'à
l'extravagance. Lorsque j'arrivai, je fus regardé comme si j'avais
été envoyé du ciel : vieillards, hommes, femmes, enfants, tous
voulaient me voir. Si je sortais, tout le monde se mettait aux
fenêtres ; si j'étais aux Tuileries [1], je voyais aussitôt un cercle se
former autour de moi ; les femmes mêmes faisaient un arc-en-
ciel nuancé de mille couleurs, qui m'entourait ; si j'étais aux
spectacles, je trouvais d'abord [2] cent lorgnettes dressées contre
ma figure : enfin jamais homme n'a tant été vu que moi. Je sou-
riais quelquefois d'entendre des gens qui n'étaient presque
jamais sortis de leur chambre, qui disaient entre eux : « Il faut
avouer qu'il a l'air bien Persan. » Chose admirable [3] ! je trouvais
de mes portraits partout ; je me voyais multiplié dans toutes les
boutiques, sur toutes les cheminées, tant on craignait de ne
m'avoir pas assez vu.

Tant d'honneurs ne laissent pas d'être à charge [4] : je ne me
croyais pas un homme si curieux et si rare ; et, quoique j'aie très
bonne opinion de moi, je ne me serais jamais imaginé que je
dusse troubler le repos d'une grande ville où je n'étais point
connu. Cela me fit résoudre à quitter l'habit persan et à en

---

1. *Tuileries* : Rica fait ici allusion au jardin des Tuileries, situé dans le prolongement du Louvre.
2. *D'abord* : tout de suite, aussitôt.
3. *Admirable* : remarquable, étonnante.
4. *Ne laissent pas d'être à charge* : ne cessent d'être ennuyeux.

endosser un à l'européenne, pour voir s'il resterait encore dans
ma physionomie quelque chose d'admirable. Cet essai me fit
connaître ce que je valais réellement : libre de tous les ornements étrangers, je me vis apprécié au plus juste. J'eus sujet de
me plaindre de mon tailleur, qui m'avait fait perdre en un instant l'attention et l'estime publique : car j'entrai tout à coup
dans un néant[1] affreux. Je demeurais quelquefois une heure
dans une compagnie sans qu'on m'eût regardé, et qu'on m'eût
mis en occasion d'ouvrir la bouche. Mais, si quelqu'un, par
hasard, apprenait à la compagnie que j'étais Persan, j'entendais
aussitôt autour de moi un bourdonnement : « Ah ! ah !
Monsieur est Persan ? C'est une chose bien extraordinaire !
Comment peut-on être Persan ? »

De Paris, le 6 de la lune de Chalval[2], 1712.

Lettres persanes, éd. Laurent Versini,
GF-Flammarion, 1995, p. 86-87.

1. À quels éléments voit-on que la lettre est rédigée par un étranger ?
2. Quelles leçons Rica tire-t-il de son expérience parisienne ? Dans
cette perspective, de quelle(s) lettre(s) des *Lettres d'une Péruvienne*
pourriez-vous rapprocher ce texte ?
3. En quoi les moyens mis en place par Mme de Graffigny et par
Montesquieu pour la critique de la société française sont-ils différents ?

Une société utopique

À travers l'opposition entre la France et le Pérou, Mme de Graffigny
dessine les contours d'une utopie. Ce genre argumentatif, né au
XVIe siècle, connut un vif succès à l'époque des Lumières. L'écrivain
Louis Sébastien Mercier, en particulier, l'exploite dans son roman
L'An 2440, rêve s'il en fut jamais (1770), tout en lui donnant un tour
nouveau.

---

1. *Néant* : ici, insignifiance.
2. *Chalval* : mois du calendrier lunaire, correspondant ici au mois de
décembre.

Alors qu'il vit au XVIIIᵉ siècle, le narrateur s'endort un soir, se réveille après sept siècles de sommeil, et découvre un monde nouveau. I visite Paris et rencontre un guide qui lui explique le fonctionnemen de la société et ses mœurs.

« Les choses me paraissent un peu changées, dis-je à mon guide ; je vois que tout le monde est vêtu d'une manière simple et modeste, et depuis que nous marchons je n'ai pas encore rencontré sur mon chemin un seul habit doré : je n'ai distingué ni galons, ni manchettes à dentelle. De mon temps un luxe puéril et ruineux avait dérangé toutes les cervelles ; un corps sans âme était surchargé de dorure, et l'automate alors ressemblait à un homme.

– C'est justement ce qui nous a portés à mépriser cette ancienne livrée¹ de l'orgueil. Notre œil ne s'arrête point à la surface. Lorsqu'un homme s'est fait connaître pour avoir excellé dans son art, il n'a pas besoin d'un habit magnifique ni d'un riche ameublement pour faire passer son mérite ; il n'a besoin ni d'admirateurs qui le prônent, ni de protecteurs qui l'étayent² : ses actions parlent, et chaque citoyen s'intéresse à demander pour lui la récompense qu'elles méritent. Ceux qui courent la même carrière que lui, sont les premiers à solliciter en sa faveur. Chacun dresse un placet³, où sont peints dans tout leur jour les services qu'il a rendus à l'État. Le monarque ne manque point d'inviter à sa cour cet homme cher au peuple. Il converse avec lui pour s'instruire : car il ne pense pas que l'esprit de sagesse soit inné en lui. Il met à profit les leçons lumineuses de celui qui a pris quelque grand objet pour but principal de ses méditations. Il lui fait présent d'un chapeau où son nom est brodé et cette distinction vaut bien celle des rubans bleus, rouges et jaunes⁴, qui chamarraient⁵ jadis des hommes absolument inconnus à la patrie. Vous pensez bien qu'un nom

---

1. *Livrée* : au sens propre, vêtement porté par un valet.
2. *Étayent* : soutiennent.
3. *Placet* : écrit adressé au roi pour lui demander une faveur.
4. Allusion aux rubans des insignes des ordres de mérite, comme ceux de Saint-Louis, dont les couleurs sont bleu et rouge.
5. *Chamarraient* : décoraient, ornaient.

nfâme n'oserait se montrer devant un public dont le regard le démentirait. Quiconque porte un de ces chapeaux honorables, eut passer partout ; en tout temps il a un libre accès au pied du rône, et c'est une loi fondamentale. Ainsi, lorsqu'un prince ou un duc n'ont rien fait pour faire broder leur nom, ils jouissent de leurs richesses, mais ils n'ont aucune marque d'honneur ; on es voit passer du même œil que le citoyen obscur qui se mêle et e perd dans la foule. La politique et la raison autorisent à la fois cette distinction : elle n'est injurieuse que pour ceux qui se sentent incapables de jamais s'élever. L'homme n'est pas assez parfait pour faire le bien, pour le seul honneur d'avoir bien fait. Mais cette noblesse, comme vous le pensez bien, est personnelle, et non héréditaire ou vénale [1].

. Quel type de société se dessine à travers cet extrait ? En quoi peut-elle paraître utopique ? Dans quelle mesure trouve-t-elle son équivalent dans la communauté péruvienne telle que la dépeint Zilia ?
. Quelle critique Mercier adresse-t-il à la société de son époque ? En quoi rejoint-il ainsi Mme de Graffigny ?

L'éducation des femmes

Abordée en littérature dès le XVIIe siècle, la question de la place de la femme dans la société est toujours vivace au XVIIIe siècle. Elle est notamment évoquée dans le premier grand traité de pédagogie, *Émile*, de Rousseau (1762), mais aussi dans l'œuvre la plus significative des Lumières, l'*Encyclopédie*, à travers l'article « Femme », élaboré par plusieurs rédacteurs, entre autres par Corsambleu Desmahis et par Louis de Jaucourt, proche collaborateur de Diderot.

Rousseau, *Émile ou De l'éducation* (1762)

la femme est faite spécialement pour plaire à l'homme. Si l'homme doit lui plaire à son tour, c'est d'une nécessité moins directe : son mérite est dans sa puissance ; il plaît par cela seul

___
1. *Vénale* : dont on a acheté la charge.

qu'il est fort. Ce n'est pas ici la loi de l'amour, j'en conviens mais c'est celle de la nature, antérieure à l'amour même.

[...] Cultiver dans les femmes les qualités de l'homme, e négliger celles qui leur sont propres, c'est donc visiblement tra vailler à leur préjudice. Les rusées le voient trop bien pour er être les dupes; en tâchant d'usurper nos avantages, elle n'abandonnent pas les leurs; mais il arrive de là que, ne pou vant bien ménager les uns et les autres, parce qu'ils sont incom patibles, elles restent au-dessous de leur portée sans se mettre a la nôtre, et perdent la moitié de leur prix. Croyez-moi, mère judicieuse, ne faites point de votre fille un honnête homme comme pour donner un démenti à la nature; faites-en une hon nête femme, et soyez sûre qu'elle en vaudra mieux pour elle e pour nous. [...]

Justifiez toujours les soins que vous imposez aux jeune filles, mais imposez-leur-en toujours. L'oisiveté et l'indocilité sont les deux défauts les plus dangereux pour elles et dont or guérit le moins quand on les a contractés. Les filles doivent être vigilantes et laborieuses[1]; ce n'est pas tout; elles doivent être gênées[2] de bonne heure. Ce malheur, si c'en est un pour elles est inséparable de leur sexe; et jamais elles ne s'en délivrent que pour en souffrir de bien plus cruels. Elles seront toute leur vie asservies à la gêne la plus continuelle et la plus sévère, qui est celle des bienséances. Il faut les exercer d'abord à la contrainte afin qu'elle ne leur coûte jamais rien; à dompter toutes leurs fantaisies pour les soumettre aux volontés d'autrui. Si elles vou laient toujours travailler, on devrait quelquefois les forcer à ne rien faire. La dissipation, la frivolité, l'inconstance, sont le défauts qui naissent aisément de leurs premiers goûts corrom pus et toujours suivis. Pour prévenir cet abus, apprenez-leur sur tout à se vaincre. [...]

[...] L'inconstance des goûts leur est aussi funeste que leur excès, et l'un et l'autre leur vient de la même source. Ne leur ôtez pas la gaieté, les ris[3], le bruit, les folâtres jeux; mais empê chez qu'elles ne se rassasient de l'un pour courir à l'autre; ne

---

1. *Laborieuses* : travailleuses.
2. *Être gênées* : se comporter selon les règles de bienséance.
3. *Ris* : voir note 2, p. 75.

uffrez pas qu'un seul instant de leur vie elles ne connaissent lus de frein. Accoutumez-les à se voir interrompre au milieu e leurs jeux et ramener à d'autres soins sans murmurer. La ule habitude suffit encore en ceci, parce qu'elle ne fait que conder la nature.

Il résulte de cette contrainte habituelle, une docilité dont s femmes ont besoin toute leur vie, puisqu'elles ne cessent mais d'être assujetties ou à un homme, ou aux jugements des ommes, et qu'il ne leur est jamais permis de se mettre au-des-us de ces jugements. La première et la plus importante qualité 'une femme est la douceur : faite pour obéir à un être aussi mparfait que l'homme, souvent si plein de vices, et toujours si lein de défauts, elle doit apprendre de bonne heure à souffrir lême l'injustice et à supporter les torts d'un mari sans se laindre ; ce n'est pas pour lui, c'est pour elle qu'elle doit être ouce. L'aigreur et l'opiniâtreté[1] des femmes ne font jamais u'augmenter leurs maux et les mauvais procédés des maris ; ils entent que ce n'est pas avec ces armes-là qu'elles doivent les aincre. Le ciel ne les fit point insinuantes et persuasives pour evenir acariâtres ; il ne les fit point faibles pour être impé- euses ; il ne leur donna point une voix si douce pour dire des ajures ; il ne leur fit point des traits si délicats pour les défigu- er par la colère. Quand elles se fâchent, elles s'oublient : elles nt souvent raison de se plaindre, mais elles ont toujours tort de ronder. Chacun doit garder le ton de son sexe ; un mari trop oux peut rendre une femme impertinente ; mais, à moins u'un homme ne soit un monstre, la douceur d'une femme le amène et triomphe de lui tôt ou tard.

Émile, éd. Michel Launay, GF-Flammarion, 1966, livre V, p. 466, 474, 481-483.

hevalier de Jaucourt, article «Femme» droit naturel), in *Encyclopédie* (1751-1772)

[…] L'Être suprême ayant jugé qu'il n'était pas bon que homme fut seul, lui a inspiré le désir de se joindre en société ès étroite avec une compagne, et cette société se forme par un

___
. *Opiniâtreté* : ténacité, détermination.

accord volontaire entre les parties. Comme cette société a pou[r] but principal la procréation et la conservation des enfants qu[i] naîtront, elle exige que le père et la mère consacrent tous leu[r] soins à nourrir et à bien élever ces gages[1] de leur amour, jusqu[']à ce qu'ils soient en état de s'entretenir et de se conduire eu[x-]mêmes.

Mais quoique le mari et la *femme* ayant au fond les même[s] intérêts dans leur société, il est pourtant essentiel que l'autorit[é] du gouvernement appartienne à l'un ou à l'autre : or le dro[it] positif des nations policées, les lois et les coutumes de l'Europ[e] donnent cette autorité unanimement et définitivement a[u] mâle, comme à celui qui étant doué d'une plus grande forc[e] d'esprit et de corps, contribue davantage au bien commun, e[n] matière de choses humaines et sacrées ; en sorte que la *femm[e]* doit nécessairement être subordonnée à son mari et obéir à se[s] ordres dans toutes les affaires domestiques. C'est là le sentimen[t] des jurisconsultes anciens et modernes, et la décision formell[e] des législateurs.

Aussi le code Frédéric qui a paru en 1750[2], et qui sembl[e] avoir tenté d'introduire un droit certain et universel, déclar[e] que le mari est par la nature même le maître de la maison, l[e] chef de la famille ; et que dès que la femme y entre de son bo[n] gré, elle est en quelque sorte sous la puissance du mari, d'o[ù] découlent diverses prérogatives[3] qui le regardent personnelle[-]ment. Enfin l'Écriture sainte prescrit à la *femme* de lui être sou[-]mise comme à son maître.

Cependant les raisons qu'on vient d'alléguer[4] pour le pou[-]voir marital, ne sont pas sans réplique, humainement parlant ; e[t] le caractère de cet ouvrage nous permet de le dire hardiment.

Il paraît d'abord 1°. qu'il serait difficile de démontrer qu[e] l'autorité du mari vienne de la nature ; parce que ce principe es[t] contraire à l'égalité naturelle des hommes ; et de cela seul qu[e]

---

1. *Gages* : ici, témoignages.
2. *Code Frédéric* : allusion au *Corpus juris Fredericianum,* ouvrage élaboré pa[r] Frédéric II de Prusse, qui fut loué par ses contemporains, mais abandonn[é] après sa mort.
3. *Prérogatives* : privilèges, pouvoirs.
4. *Alléguer* : invoquer, mettre en avant.

on est propre à commander, il ne s'ensuit pas qu'on en ait ctuellement le droit; 2°. l'homme n'a pas toujours plus de rce de corps, de sagesse, d'esprit, et de conduite, que la *mme*; 3°. le précepte de l'Écriture étant établi en forme de eine, indique assez qu'il n'est que de droit positif [1]. On peut onc soutenir qu'il n'y a point d'autre subordination dans la ociété conjugale, que celle de la loi civile, et par conséquent en n'empêche que des conventions particulières ne puissent hanger la loi civile, dès que la loi naturelle et la religion ne éterminent rien au contraire.

Nous ne nions pas que dans une société composée de deux ersonnes, il ne faille nécessairement que la loi délibérative de une ou de l'autre l'emporte; et puisque ordinairement les ommes sont plus capables que les *femmes* de bien gouverner les ffaires particulières, il est très judicieux d'établir pour règle énérale, que la voix de l'homme l'emportera tant que les parties 'auront point fait ensemble d'accord contraire, parce que la loi énérale découle de l'institution humaine, et non pas du droit aturel. De cette manière, une *femme* qui sait quel est le précepte e la loi civile, et qui a contracté son mariage purement, et sim- lement, s'est par là soumise tacitement à cette loi civile. […]

Corsambleu Desmahis,
Article «Femme» (morale), in *Encyclopédie* (1751-1772)

[…] Cette moitié du genre humain, comparée physique- ment à l'autre, lui est supérieure en agréments, inférieure en rce. La rondeur des formes, la finesse des traits, l'éclat du eint, voilà ses attributs distinctifs.

Les *femmes* ne diffèrent pas moins des hommes par le cœur t par l'esprit, que par la taille et par la figure; mais l'éducation modifié leurs dispositions naturelles en tant de manières, la issimulation, qui semble être pour elles un devoir d'état, a endu leur âme si secrète, les exceptions sont en si grand ombre, si confondues avec les généralités, que plus on fait 'observations, moins on trouve de résultats.

. *De droit positif* : établi par une institution.

Il en est de l'âme des *femmes* comme de leur beauté ; semble qu'elles ne fassent apercevoir que pour laisser imagine Il en est des caractères en général, comme des couleurs ; il y e a de primitives, il y en a de changeantes ; il y a des nuances à l'in fini, pour passer de l'une à l'autre. Les *femmes* n'ont guère qu des caractères mixtes, intermédiaires ou variables ; soit qu l'éducation altère plus leur naturel que le nôtre ; soit que la dél catesse de leur organisation fasse de leur âme une glace qu reçoit tous les objets, les rend vivement, et n'en conserve aucun

Qui peut définir les *femmes* ? Tout à la vérité parle en elles mais un langage équivoque. Celle qui paraît la plus indifférente est quelquefois la plus sensible ; la plus indiscrète passe souven pour la plus fausse : toujours prévenus[1], l'amour ou le dépi dicte les jugements que nous en portons ; et l'esprit le plus libre celui qui les a le mieux étudiées, en croyant résoudre des pro blèmes, ne fait qu'en proposer de nouveaux. Il y a trois chose disait un bel esprit, que j'ai toujours beaucoup aimées san jamais y rien comprendre, la peinture, la musique, et les *femme*

S'il est vrai que de la faiblesse naît la timidité, de la timidit la finesse, et de la finesse la fausseté, il faut conclure que l vérité est une vertu bien estimable dans les *femmes*.

Si cette même délicatesse d'organes qui rend l'imagination des *femmes* plus vive, rend leur esprit moins capable d'attention on peut dire qu'elles aperçoivent plus vite, peuvent voir aus bien, regardent moins longtemps.

Que j'admire les *femmes* vertueuses, si elles sont aussi ferme dans la vertu, que les *femmes* vicieuses me paraissent intrépide dans le vice !

La jeunesse des *femmes* est plus courte et plus brillante qu celle des hommes ; leur vieillesse est plus fâcheuse et plus longue

Les *femmes* sont vindicatives[2]. La vengeance qui est l'act d'une puissance momentanée, est une preuve de faiblesse. Le plus faibles et les plus timides doivent être cruelles : c'est la lo générale de la nature, qui dans tous les êtres sensibles propor tionne le ressentiment[3] au danger. [...]

---

1. *Prévenus* : ici, partiaux.
2. *Vindicatives* : enclines à la vengeance.
3. *Ressentiment* : voir note 2, p. 122.

Quelle image commune les trois textes donnent-ils de la femme ?
stifiez votre réponse.
D'après ces textes, peut-on considérer les philosophes des
umières comme des féministes ? Justifiez et nuancez votre réponse.
Dans quelles lettres Mme de Graffigny aborde-t-elle la question
minine ? Sur quel(s) point(s) se montre-t-elle en accord avec les
ilosophes ? Sur quel(s) autre(s) diverge-t-elle ?

Éloge de l'opéra

omme en témoigne la lettre XVII, Zilia tombe sous le charme de
péra, genre nouveau qui se développe tout au long du XVIIIe siècle et
ui rencontre de nombreux adeptes. Parmi eux, Rousseau et Diderot
ui se font également l'écho de cet enthousiasme, respectivement
ans l'article « Opéra » de l'*Encyclopédie* (1751-1772) et dans *Le Neveu
e Rameau* (1762), à travers les paroles du Neveu de Rameau.

an-Jacques Rousseau,
rticle « Opéra », in *Encyclopédie* (1751-1772)

[…] Je désire qu'on me permette d'ajouter quelques
flexions sur ce spectacle lyrique. Un opéra est, quant à la par-
e dramatique, la représentation d'une action merveilleuse.
'est le divin[1] de l'épopée mis en spectacle. Comme les acteurs
nt des dieux ou des héros demi-dieux, ils doivent s'annoncer
ux mortels par des opérations, par un langage, par une
flexion de voix qui surpasse les lois du vraisemblable ordi-
aire. Leurs opérations ressemblent à des prodiges. C'est le ciel
ui s'ouvre, le chaos qui se dissipe, les éléments qui se succè-
ent, une nuée lumineuse qui apporte un être céleste ; c'est un
alais enchanté qui disparaît au moindre signe, et se trans-
rme en désert, etc.

Mais comme on a jugé à propos de joindre à ces merveilles
chant et la musique, et que la matière naturelle du chant
usical est le sentiment, les artistes ont été obligés de traiter

---

Le divin : le caractère divin.

l'action pour arriver aux passions, sans lesquelles il n'y a point de musique, plutôt que les passions pour arriver à l'action, et en conséquence il a fallu que le langage des acteurs fût entièrement lyrique, qu'il exprimât l'extase, l'enthousiasme, l'ivresse du sentiment, afin que la musique pût y produire tous ses effets.

Puisque le plaisir de l'oreille devient le plaisir du cœur, de là est née l'observation qu'on aura faite, que les vers mis en chant affectent davantage que les paroles seules. Cette observation a donné lieu à mettre ces récits en musique ; enfin l'on est venu successivement à chanter une pièce dramatique tout entière, et à la décorer d'une grande pompe ; voilà l'origine et l'exécution de nos opéras, spectacle magique,

> Où dans un doux enchantement
> Le citoyen chagrin oublie
> Et la guerre, et le parlement,
> Et les impôts, et la patrie,
> Et dans l'ivresse du moment
> Croit voir le bonheur de sa vie.

Dans ce genre d'ouvrages le poète doit suivre, comme ailleurs, les lois d'imitation, en choisissant ce qu'il y a de plus beau et de plus touchant dans la nature. Son talent doit encore consister dans une heureuse versification qui intéresse le cœur et l'esprit.

On veut dans les décorations une variété de scènes et de machines ; tandis qu'on exige du musicien une musique savante et propre au poème. Ce que son art ajoute à l'art du poète, supplée au manque de vraisemblance qu'on trouve dans des acteurs qui traitent leurs passions, leurs querelles, et leurs intérêts en chantant, puisqu'il est vrai que la peine et le plaisir, la joie et la tristesse s'annoncent toujours ici par des chants et des danses ; mais la musique a tant d'empire sur nous, que ses expressions commandent à l'esprit, et lui font la loi.

L'intelligence des sons est tellement universelle, qu'elle nous affecte de différentes passions, qu'ils représentent aussi fortement, que s'ils étaient exprimés dans notre langue maternelle. Le langage humain varie suivant les diverses nations. La nature plus puissante, et plus attentive aux besoins et aux pla

s de ses créatures, leur a donné des moyens généraux de les
indre, et ces moyens généraux sont imités merveilleusement
r des chants.

S'il est vrai que des sons aigus expriment mieux le besoin de
cours dans une crainte violente, ou dans une douleur vive,
le des paroles entendues dans une partie du monde, et qui
ont aucune signification dans l'autre; il n'est pas moins cer-
in que de tendres gémissements frappent nos cœurs d'une
mparaison bien plus efficace, que des mots, dont l'arrange-
ent bizarre fait souvent un effet contraire. Les sons vifs et
gers de la musique ne portent-ils pas inévitablement dans
tre âme un plaisir gai, que le récit d'une histoire divertissante
y fait jamais naître qu'imparfaitement? [...]

iderot, Le Neveu de Rameau (1762)

«Le chant est une imitation, par les sons, d'une échelle
ventée par l'art ou inspirée par la nature, comme il vous
aira, ou par la voix ou par l'instrument, des bruits physiques
des accents de la passion; et vous voyez qu'en changeant là-
dans les choses à changer, la définition conviendrait exacte-
ent à la peinture, à l'éloquence, à la sculpture et à la poésie.
aintenant, pour en venir à votre question, quel est le modèle
musicien ou du chant? C'est la déclamation, si le modèle est
vant et pensant; c'est le bruit, si le modèle est inanimé. Il faut
nsidérer la déclamation comme une ligne, et le chant comme
le autre ligne, qui serpenterait sur la première. Plus cette
éclamation, type du chant, sera forte et vraie, plus le chant qui
y conforme la coupera en un plus grand nombre de points;
us le chant sera vrai; et plus il sera beau. Et c'est ce qu'ont très
en senti nos jeunes musiciens. Quand on entend, *Je suis un
uvre diable*[1], on croit reconnaître la plainte d'un avare; s'il ne
antait pas, c'est sur les mêmes tons qu'il parlerait à la terre,
and il lui confie son or et qu'il lui dit : *Ô terre, reçois mon trésor.*
t cette petite fille qui sent palpiter son cœur, qui rougit, qui se

Je suis un pauvre diable : ariette chantée par Sordide, le fou avare de *L'Île
s fous*, comédie dont la musique était de Duni (1709-1775) ; l'air cité
suite est extrait de la même pièce.

trouble et qui supplie monseigneur de la laisser partir, s'exp‍
merait-elle autrement ? Il y a dans ces ouvrages toutes sortes d‍
caractères, une variété infinie de déclamation. Cela est sublim‍
c'est moi qui vous le dis. Allez, allez entendre le morceau où ‍
jeune homme qui se sent mourir s'écrie : *Mon cœur s'en va*[1]‍
– Écoutez le chant, écoutez la symphonie, et vous me dir‍
après quelle différence il y a entre les vraies voix d'un moribon‍
et le tour de ce chant. Vous verrez si la ligne de la mélodi‍
ne coïncide pas tout entière avec la ligne de la déclamation. J‍
ne vous parle pas de la mesure, qui est encore une des cond‍
tions du chant ; je m'en tiens à l'expression ; et il n'y a rien d‍
plus évident que le passage suivant que j'ai lu quelque part‍
musicæ seminarium accentus. L'accent est la pépinière de ‍
mélodie. Jugez de là de quelle difficulté et de quelle impo‍
tance il est de savoir bien faire le récitatif[2]. Il n'y a point de be‍
air dont on ne puisse faire un beau récitatif, et point de bea‍
récitatif dont un habile homme ne puisse tirer un bel air. Je n‍
voudrais pas assurer que celui qui récite bien chantera bien‍
mais je serais surpris que celui qui chante bien, ne sût pas bie‍
réciter. »

Le Neveu de Rameau, éd. Jean-Claude Bonne‍
GF-Flammarion, 1983, p. 106-10‍

1. Selon les deux auteurs, qu'est-ce qui rend l'opéra aussi fascinant
2. Comparez l'article de Rousseau et la lettre XVII des *Lettres d'un‍
Péruvienne*. Que constatez-vous ? Qu'en concluez-vous ?

---

1. *Mon cœur s'en va* : cet air est extrait du *Maréchal-ferrant*, opéra-comique e‍
deux actes de Philidor, célèbre compositeur de l'époque (1726-1795).
2. *Récitatif* : sorte de chant – non soumis à la mesure – dont la mélodie e‍
le rythme observent autant que possible l'accentuation naturelle des mot‍
et les inflexions de la phrase parlée.

Propos sur le bonheur

bonheur est au cœur des réflexions de nombre de philosophes
XVIIIᵉ siècle, parmi lesquels Mme du Châtelet, amie de Voltaire et
teur d'un *Discours sur le bonheur*, publié en 1779, et Rousseau, qui
bora à la fin de sa vie, entre 1776 et 1778, *Les Rêveries du prome-
ur solitaire*, œuvre à dimension autobiographique et philosophique,
coupée en dix méditations ou «promenades».

me du Châtelet, *Discours sur le bonheur* (1779)

Il faut commencer par se bien dire à soi-même et par se bien
nvaincre que nous n'avons rien à faire dans ce monde qu'à
us y procurer des sensations et des sentiments agréables. Les
oralistes qui disent aux hommes : réprimez vos passions, et
aîtrisez vos désirs, si vous voulez être heureux, ne connaissent
s le chemin du bonheur. On n'est heureux que par des goûts
des passions satisfaites ; je dis des goûts, parce qu'on n'est pas
ujours assez heureux pour avoir des passions, et qu'au défaut
s passions, il faut bien se contenter des goûts. Ce serait donc
s passions qu'il faudrait demander à Dieu, si on osait lui
mander quelque chose. […]

Mais, me dira-t-on, les passions ne font-elles pas plus de mal-
ureux que d'heureux ? Je n'ai pas la balance nécessaire pour
ser en général le bien et le mal qu'elles ont faits aux
mmes ; mais il faut remarquer que les malheureux sont
nnus parce qu'ils ont besoin des autres, qu'ils aiment à racon-
r leurs malheurs, qu'ils y cherchent des remèdes et du soula-
ment. Les gens heureux ne cherchent rien, et ne vont point
ertir les autres de leur bonheur ; les malheureux sont intéres-
nts, les gens heureux sont inconnus. […]

On connaît donc bien plus l'amour par les malheurs qu'il
use, que par le bonheur souvent obscur qu'il répand sur la vie
s hommes. Mais supposons pour un moment, que les pas-
ons fassent plus de malheureux que d'heureux, je dis qu'elles
raient encore à désirer, parce que c'est la condition sans
quelle on ne peut avoir de grands plaisirs ; or, ce n'est la peine
vivre que pour avoir des sensations et des sentiments

agréables; et plus les sentiments agréables sont vifs, plus on e
heureux. Il est donc à désirer d'être susceptible de passions,
je le répète encore : n'en a pas qui veut.

Jean-Jacques Rousseau, *Les Rêveries du promeneur solitaire* (1776-1778, éd. posth. 1782)

Quand le soir approchait je descendais des cimes de l'île
j'allais volontiers m'asseoir au bord du lac, sur la grève, da
quelque asile caché; là le bruit des vagues et l'agitation de l'e
fixant mes sens et chassant de mon âme toute autre agitation
plongeaient dans une rêverie délicieuse où la nuit me surpr
nait souvent sans que je m'en fusse aperçu. Le flux et le reflu
de cette eau, son bruit continu mais renflé[1] par intervalles fra
pant sans relâche mon oreille et mes yeux, suppléaient a
mouvements internes que la rêverie éteignait en moi et suf
saient pour me faire sentir avec plaisir mon existence, sa
prendre la peine de penser. De temps à autre naissait quelqu
faible et courte réflexion sur l'instabilité des choses de
monde dont la surface des eaux m'offrait l'image : mais bient
ces impressions légères s'effaçaient dans l'uniformité du mo
vement continu qui me berçait, et qui sans aucun concours ac
de mon âme ne laissait pas de[2] m'attacher au point qu'appe
par l'heure et par le signal convenu je ne pouvais m'arracher
là sans effort.

Après le souper, quand la soirée était belle, nous allio
encore tous ensemble faire quelque tour de promenade sur
terrasse pour y respirer l'air du lac et la fraîcheur. On se rep
sait dans le pavillon, on riait, on causait, on chantait quelqu
vieille chanson qui valait bien le tortillage moderne, et enf
l'on s'allait coucher content de sa journée et n'en désira
qu'une semblable pour le lendemain.

Telle est, laissant à part les visites imprévues et importune
la manière dont j'ai passé mon temps dans cette île durant
séjour que j'y ai fait. Qu'on me dise à présent ce qu'il y a là d'a

---

1. *Renflé* : ici, accentué.
2. *Ne laissait pas de* : ne manquait pas de.

z attrayant pour exciter dans mon cœur des regrets si vifs, si ndres et si durables qu'au bout de quinze ans il m'est impos- le de songer à cette habitation chérie sans m'y sentir à aque fois transporté encore par les élans du désir.

J'ai remarqué dans les vicissitudes d'une longue vie que les oques des plus douces jouissances et des plaisirs les plus vifs e sont pourtant pas celles dont le souvenir m'attire et me uche le plus. Ces courts moments de délire et de passion, uelque vifs qu'ils puissent être, ne sont cependant, et par leur vacité même, que des points bien clairsemés dans la ligne de vie. Ils sont trop rares et trop rapides pour constituer un état, le bonheur que mon cœur regrette[1] n'est point composé instants fugitifs mais un état simple et permanent, qui n'a en de vif en lui-même, mais dont la durée accroît le charme au oint d'y trouver enfin la suprême félicité.

> *Les Rêveries du promeneur solitaire*, éd. Érik Leborgne,
> GF-Flammarion, 1997, cinquième promenade,
> p. 114-115.

191

uelle conception du bonheur chacun des deux auteurs se fait-il ? quelle est la plus proche de celle proposée par Zilia dans sa der- ère lettre ? En quoi, malgré tout, est-elle différente ?

Regrette : souhaite.

Femmes incas devant les conquistadores espagnols
Francisco Pizarro et Diego de Almagro.
Gravure sur bois illustrant une Chronique des Incas
de Guaman Poma de Alaya, écrite vers 1610 au Pérou.

GF Flammarion

05/05/114236-V-2005 – Impr. MAURY Eurolivres, 45300 Manchecourt.
N° d'édition FG221601. – Mai 2005. – Printed in France.